LES SANGLIERS

VÉRONIQUE BIZOT

Les Sangliers

NOUVELLES

STOCK

© Éditions Stock, 2005.

ISBN : 978-2-253-11573-1 – 1re publication LGF

À Christian.

Le clignotant

La femme a parlé la première. Nous sommes venus te tirer du néant, a-t-elle dit. Vous tirer du néant. Je préfère le vouvoyer, a-t-elle chuchoté, tant qu'il n'existe pas. Nous avons trente minutes pour vous convaincre de sortir de vos limbes, a dit l'homme. Dans trente minutes, la personne de l'Agence nous fera quitter cette pièce. Ensuite ce sera à vous de décider. Trente minutes, a dit la femme, en admettant que ce clignotant ne cesse pas de clignoter. Ça fait bizarre de parler à ce clignotant. Tu n'es pas obligée de le fixer, a dit l'homme. Ce n'est qu'un objet. De toute façon, lui, il ne nous voit pas, il ne reçoit que nos voix. Quand même, a dit la femme, je préfère surveiller ce truc. Au cas où il s'arrêterait de clignoter, qu'on ne parle pas dans le vide comme la dernière fois. Nous ne sommes pas venus vous acheter, a dit l'homme. Que ce soit bien clair. Vous êtes libre de nous refuser. Le mieux serait cependant que vous nous écoutiez jusqu'au bout. Ce serait effectivement la moindre des choses, a dit la femme. Après toutes ces démarches que nous avons effectuées. Pour commencer nous ne manquons de rien, Jacques et moi, vous ne manqueriez donc de rien. Même après notre mort, vous pourriez vivre tout à fait confortablement. Sans travailler, a précisé Jacques. C'est l'argent qui travaillerait pour vous. Pour nous c'est nouveau, a enchaîné la femme, nous sommes de nouveaux riches, nous n'avions pas prévu une telle somme, cet héritage. Une grand-tante, a dit Jacques, une parente éloignée, morte à cent trois ans. Elle a enterré tous ses héritiers, a même hérité de certains de ses héritiers, deux homosexuels sans descendance. Une parente très éloignée, tout à fait inconnue, s'est empressée la femme, l'homosexualité n'a rien à voir avec ça, a-t-elle dit, je ne sais même pas pourquoi tu en parles. Naturellement nous n'avons rien contre l'homosexualité, vous pourriez parfaitement vous révéler homosexuel, ça ne nous dérangerait pas le moins du monde. Au pire nous hériterions de vous, a plaisanté Jacques. Bon, a dit la femme. Tout ça pour dire que vous seriez d'emblée à l'abri des difficultés matérielles. Naturellement, du néant où vous êtes encore, vous l'ignorez, mais on gagne énormément de temps sur une vie lorsqu'on n'a pas à se préoccuper de cet aspect des choses, il est beaucoup plus facile de devenir quelqu'un, encore que vous n'auriez pas à devenir quelqu'un, absolument pas, que vous existiez, déjà, suffirait à nous combler. Comme notre fils, a ajouté Jacques, c'est un fils que nous sommes venus chercher, ma femme et moi. Je m'appelle Jacques Corneille, a-t-il dit, ma femme et moi sommes les Corneille, rien à voir avec l'illustre Pierre, c'est une question qu'on vous posera souvent, je vous accorde que ce n'est pas un nom passe-partout, mais d'une orthographe évidente, au moins n'aurez-vous pas à l'épeler. Nous habitons Paris. La personne de l'Agence a dû vous en informer, Paris, c'est bien ce que vous souhaitiez, n'est-ce pas ? Il ne nous écouterait même pas, voyons, a dit la femme. Paris, donc, a repris Jacques, le huitième arrondisse-ment, à deux pas des Champs-Élysées, une large artère, pleine de cinémas. À l'adolescence, vous pour-rez aller au cinéma à pied. Nous-mêmes y allons assez peu, nous préférons la télévision, nous aimons beau-coup notre appartement. Un appartement avec ter-rasse, a précisé la femme. C'est assez rare dans ce quartier. Il y a une balancelle sur notre terrasse, nous apprécions énormément cette balancelle, les nuits d'été nous nous balançons, nous observons les étoiles. Nous ne fumons ni l'un ni l'autre. Nous ne nous mettons pas en colère. Je ne sais pas pourquoi je dis ça, a dit la femme. À cause de ton père, je suppose, a dit Jacques. Ma femme veut dire que vous n'auriez rien à craindre de nous, certaines enfances peuvent en effet être un véritable calvaire, ainsi la sienne, aussi bien vous promettons-nous une enfance calme. Le fait que nous nous soyons adressés à l'Agence, a repris la femme, en est en quelque sorte la garantie. Tous ces gens, a dit Jacques, qui engendrent des enfants sans leur demander leur avis. Sans que les enfants aient la moindre idée de la famille dans laquelle ils vont échouer. Grâce à la création de cette Agence, on peut espérer que cesse ce scandale. Notre dossier est béton, a dit la femme. Il n'y a aucune raison pour que vous nous refusiez. Calme-toi, a dit Jacques. Calme-toi. Le voyant clignote toujours, preuve qu'il nous écoute. Excusez ma femme, a-t-il dit. C'est la troisième fois que nous nous présentons, pour être honnêtes. Sans succès. Vous voyez, nous ne vous cachons rien. Rien, a renchéri la femme. Pas la plus petite chose. Mais je ne supporterais pas que ce voyant cesse une fois de plus de clignoter. Je ne le supporterais pas. Mon utérus est magnifique, a-t-elle dit. Positivement magnifique, a confirmé Jacques. Vous y barboteriez comme un pacha. J'ai fait toutes les analyses, a dit la femme, passé tous les tests, aucune contre-indication, les médecins de l'Agence ont été absolument formels. Vous naîtriez dans une clinique, certainement pas à l'hôpital, à l'hôpital ils réaniment coûte que coûte, que l'enfant soit difforme, qu'il lui manque un organe, ils le font vivre, s'acharnent à le faire vivre, ils le font au nom de leur effroyable éthique de médecins hospitaliers. Qu'est-ce que tu racontes, a dit Jacques. C'est la vérité, a dit la femme, ne nous voilons pas la face. Les médecins du privé sont nettement plus accommodants. Tais-toi, a dit Jacques. J'aime la chasse. Je chasse le sanglier. Je ne l'approuve pas, a dit la femme. Je chasse à la poussée silencieuse, la méthode la moins affolante pour l'animal, a dit Jacques. On se fiche bien de l'animal, a dit la femme. Cette sale bête. Un gibier intelligent, a dit Jacques. Après ils mangent les abats, a dit la femme. C'est fini, je ne l'accompagne plus. Il faudra bien que tu renonces à tes chasses, d'ailleurs. À nous deux, nous le ferons bien renoncer. Avec tous ces beaux jardins près de chez nous. Le Luxembourg, les Tuileries, une nature civilisée, aucun risque d'y croiser le moindre sanglier. En matière d'éducation, nous n'avons pas d'idée préconçue, a dit Jacques. Cependant ma femme est assez stricte sur certains points. L'hygiène, notamment. Oh n'exagère pas, a dit la femme. Tu exagères. C'est un aspect positif, a dit Jacques, je ne le dis pas autrement. Tu apprécies la propreté. Les lits, les lavabos. Les cabinets, tu oublies les cabinets, a dit la femme. Les cabinets, bien sûr, a dit Jacques. Qui voudrait de cabinets souillés ? a dit la femme. L'accouchement me terrifie, je pense opter pour la péridurale. Mais enfin ils peuvent vous endormir complètement, ils ont tout ce qu'il faut sous la main pour vous endormir, au cas où. Au cas où quoi ? a dit Jacques. Cesse donc de t'inquiéter, je serai là, je serai présent, certainement pas dans le couloir, certainement pas à arpenter le couloir de la clinique, j'insiste sur ce point, je tiens à être là dès la première seconde où vous paraîtrez, où votre tête apparaîtra. Ou ses pieds, a dit la femme, si c'est un siège. S'il naissait par le siège, quelle horreur. Nous avons quelques amis, a dit Jacques. Des gens sympathiques. Ils apprécient notre terrasse, a dit la femme, s'asseoir dans notre balancelle. Un enchantement, que cette terrasse. Nous avons les Studenmeyer, a dit Jacques, Paul Studenmeyer est un gros bonnet de l'industrie. Chasseur, lui aussi. Sa femme a un goût exquis, a dit la femme. Leur maison est une splendeur. Les Studenmeyer sont les plus anciens de nos nouveaux amis, longtemps nous n'avons pas eu d'amis. Toute notre période de vaches maigres, nous l'avons vécue sans amis. Nous avons également les Gentil, a dit Jacques, ils ne s'entendent hélas que très modérément avec les Studenmeyer. Les femmes du moins. Jacqueline Studenmeyer a son franc-parler. Élisabeth Gentil boit trop, en fin de soirée elle a tendance à déraper. Et enfin les Frank. Les Frank sont sans problème, a dit la femme. J'ai aussi une sœur jumelle, elle vit à Toulouse, Toulouse est une ville de province, une ville du Sud, mais nous n'irons pas, je ne fréquente plus ma sœur. Elle refuse notre argent, a dit Jacques, ma belle-sœur refuse l'argent de sa propre sœur. Elle a toujours tout refusé de moi, a dit la femme. Voilà une femme qui tire le diable par la queue et qui refuse catégoriquement le moindre centime de notre part, a dit Jacques. Sans daigner nous fournir la plus petite explication. C'est une sale conne, a dit la femme. Vous vous appelleriez Gabriel, Gabriel Corneille, comme l'ange Gabriel. L'archange Gabriel, a rectifié Jacques. Mais sachez que nous ne sommes pas pratiquants. D'un point de vue religieux... Parle pour toi, a dit la femme. Moi, il m'arrive de prier. Il m'arrive d'entrer dans une église et de pleurer. Je veux dire prier. Ma femme formule toutes sortes de vœux, a dit Jacques, à longueur de journée. Fasse le ciel que ceci, fasse le ciel que cela. Naturellement, vous recevriez un minimum d'éducation religieuse. À tout le moins l'aspect culturel des choses vous serait-il transmis, une vision d'ensemble. Vous apprendrez que la religion pose problème de nos jours, problème de sécurité, essentiellement. Le fanatisme religieux, voyez-vous... On n'est plus en sécurité nulle part, a dit la femme. Ce monde devient une vraie poudrière. Au point que je me demande si un enfant. Ne sois pas alarmiste, a dit Jacques. Tu vas l'inquiéter. Nous serons là pour le protéger, nous en sommes parfaitement capables. Absolument, a dit la femme. Nous avons l'argent. J'ai moins peur depuis que nous avons cet argent. L'argent est assurément une protection. Je me fais livrer à domicile, je ne mets plus les pieds dans le métro, pas même dans l'autobus, nous fréquentons des endroits sûrs, des endroits surveillés. Mais cette angoisse, maintenant. Un sourire de vous, voilà ce qu'il faudrait à ma femme, a dit Jacques. Sentir votre main dans la sienne, vous voir trottiner vers elle, réclamer un baiser, un gâteau, que sais-je. J'ai besoin de m'occuper, a dit la femme, je cherche une occupation qui me délivre de mon angoisse. J'ai toujours travaillé, j'aimais mon travail, je regrette de l'avoir quitté, cette démission a été une erreur. Tu étais surmenée, a dit Jacques, rappelle-toi voyons, tu rentrais exténuée, ton patron, les transports, la climatisation, tu ne supportais pas la climatisation, ni les ascenseurs, ma femme travaillait au trente-troisième étage, les ascenseurs lui soulevaient le cœur. Quand nous avons hérité, le jour où ce notaire nous a appelés, tu as dit que tu ne voulais plus jamais avoir affaire à une photocopieuse, c'est la première chose que tu as dite après avoir raccroché le téléphone. Tu as dit que tu échangerais volontiers la photocopieuse contre un enfant, ç'a été ta charmante et émouvante façon de me faire comprendre que tu voulais que nous ayons un enfant. C'est vrai, a reconnu la femme, j'ai dit ça. Elle l'a annoncé à tout le monde, a dit Jacques, à tous nos amis, aucun n'a d'enfants, ils ont trouvé l'idée merveilleuse. Absolument pas, a dit la femme. Jacqueline Studenmeyer pense que c'est carrément stupide comme idée, si tu veux savoir. Nous n'envisageons pas d'avoir d'autre enfant que vous, a dit Jacques. Nous nous sommes décidés pour un enfant unique, pour choyer et chérir un seul et unique enfant.

Vous n'auriez ni frère ni sœur, nous nous consacrerions
entièrement à vous, Gabriel Corneille, vous conserve-
riez votre place d'enfant unique, vous n'auriez à par-
tager notre affection avec personne. Il faut impérative-
ment que vous soyez un garçon, a dit la femme, je ne
voudrais pas d'une fille, avec une fille je ne saurais pas
m'y prendre. Les garçons vénèrent leur mère, a dit
Jacques, j'ai personnellement beaucoup aimé ma mère.
Mais elle ne t'aimait pas, a dit la femme, ne te raconte
pas d'histoires, elle n'avait que faire de toi. Tu as littéralement mendié son amour. Cette femme a négligé
son fils, l'a délaissé dès le berceau au profit de ses
innombrables amants, elle s'est comportée de façon
parfaitement indécente, comme une putain, voilà ce
que l'on peut dire d'elle. Malgré ça, tu lui as payé une
tombe d'un luxe scandaleux, il a fallu que tu dépenses
tout cet argent pour l'enterrement, et où étaient-ils, tous
ses amants, certainement pas au cimetière, jamais vu
de cortège aussi minable. Ma mère n'avait plus sa tête
quand elle est morte, a dit Jacques. Il veut dire qu'elle
n'avait réellement plus sa tête, a dit la femme. Sa tête
avait disparu, on l'a enterrée sans elle. Sans sa tête qui
avait roulé dans le caniveau. Dans le ravin, a rectifié
Jacques. Ma mère a eu un accident de voiture sur une
route des Alpes, un épouvantable accident. On n'a
jamais pu remettre la main sur sa tête. C'est pas faute
d'avoir cherché, a dit la femme. Qu'est-ce qu'elle allait
faire dans les Alpes, tu peux me le dire ? Incapable de

faire du ski, obèse comme elle l'était. Enveloppée, a
dit Jacques. Une belle femme. Encore un séjour dont
on supportait intégralement les frais, a dit la femme,
tout ça pour qu'elle s'envoie en l'air avec le premier
moniteur de ski, ta garce de mère. J'ai rencontré ma
femme sur le périphérique, a dit Jacques, sa voiture
était tombée en panne, je l'ai dépannée. À l'époque je
travaillais dans le bâtiment. J'ai eu mon entreprise,
Flash Béton, j'ai été spécialisé dans le béton, la démolition du béton, uniquement la démolition. Quand on
pense béton, on pense construction, rarement démolition. Sciage au disque, sciage au câble, croquage à la
pince, carottage, éclatement hydraulique, tout un
poème, a dit la femme, rien que des méthodes douces.
Ce sont les termes techniques, a précisé Jacques, ils
étaient inscrits sur ma camionnette. Des années on a
roulé dans cette camionnette, a dit la femme, avec le
numéro de téléphone de Flash Béton que tout le monde
pouvait lire, 01 34 57 57 00, pas moyen de l'oublier
celui-là. Des gens m'appelaient, a dit Jacques, des par-
ticuliers qui réclamaient une explication, le carottage
surtout. C'est sûr, on se représente mal des carottes de
béton, a dit la femme. Mais ne va pas l'embêter avec
ça, c'est du passé. Aujourd'hui, nous roulons en Audi,
notre ami Gilbert Frank est concessionnaire Audi pour
la région Nord-Pas-de-Calais. Sachez que nous ne
divorcerons pas, a dit Jacques. Aucun risque que nous
divorcions, maintenant, nous avons passé le cap du

divorce. Nous sommes sur le point d'acquérir une propriété en Alsace. La région d'enfance de ma femme.
Abondamment pourvue en sangliers. Oublie l'Alsace,
a dit la femme. Comment ça, a dit Jacques. Je ne veux
plus de l'Alsace, a dit la femme, plus entendre parler
de l'Alsace. L'Alsace est un sinistre cloaque, les Alsaciens sont cruels, arriérés et parfaitement déprimants,
les sangliers alsaciens sont d'ignobles bêtes. Mais nous
étions d'accord, a dit Jacques. Pour l'Alsace. Eh bien
j'ai changé d'avis, a dit la femme. Depuis quand ? a
demandé Jacques. À l'instant, a dit la femme. Je vois
très bien où tu veux en venir, tout à coup. Je vois
clairement que tu comptes passer tes journées à chasser
avec cet abruti de Paul Studenmeyer, disparaître des
journées entières dans les bois à renifler la trace de tes
sangliers et me laisser en plan dans cette maison avec
l'enfant. J'ai versé un acompte pour la maison, a dit
Jacques. On se fiche bien de l'acompte, a dit la femme.
Il faut sans cesse te rappeler que nous sommes riches.
Il n'arrive pas à se faire à cette idée, à croire qu'il a
la nostalgie de sa camionnette et de son béton, du
temps où nous n'avions ni amis ni terrasse ni rien.
Nous n'étions pas à plaindre, a dit Jacques. Tu chan-
tonnais souvent, tu n'étais pas aussi amère. Voilà que
je suis amère, maintenant, a dit la femme. Tu planifies
de m'enfermer dans cette maison perdue au milieu des
sapins avec pour seule distraction un enfant et la
conversation de Jacqueline Studenmeyer, de cette

grosse baudruche de Jacqueline Studenmeyer qui passe
son temps à m'abreuver de ses conseils décoratifs et
de ses conseils culinaires, et de ses postillons par-des-
sus le marché, dont la conversation me donne tout
bonnement des envies de meurtre, et tu voudrais que
je chantonne ! Calme-toi, a dit Jacques. Je ne sais
même pas comment nous nous sommes retrouvés à
chercher une maison dans ce trou alsacien, a dit la
femme, alors que j'y ai vécu l'enfer toute mon enfance.
C'est tout simplement incompréhensible. C'est toi-
même, a dit Jacques, qui l'as suggéré, c'était ton idée,
pas la mienne. Tu as dit que tu y reviendrais la tête
haute, avec un enfant dans les bras, qu'ils pourraient
tous voir comment tu t'en étais sortie, etc. Inimaginable, a dit la femme. Ce qui est inimaginable, si tu veux
mon avis, a dit Jacques, c'est que ce voyant clignote
toujours. On dirait que tu le fais exprès. Que je fais
exprès de quoi ? a dit la femme. À moins qu'il n'y ait
un problème technique, a dit Jacques, si ça se trouve
il y a belle lurette qu'il ne nous écoute plus, qu'il est
retourné tranquillement à son néant. Eh bien qu'il y
reste, dans son néant, a dit la femme. Si nous ne
sommes pas assez bien pour lui. Une demi-heure que
nous sommes assis dans cette pièce aveugle, sur ces
chaises honteusement inconfortables – ne me dis pas
que tu es bien assis, ne nie pas qu'ils auraient au moins
pu nous fournir des fauteuils –, à lui vendre notre
salade. L'Agence nous a fait passer tous ces tests, rem-

plir ces interminables questionnaires, nous avons dû
répondre aux questions les plus honteusement indis-
crètes, nous nous sommes laissé examiner sous toutes
les coutures, ils ont fourré leurs sondes et leurs doigts
partout, dans nos bouches, nos rectums, mon vagin, ils
ont pincé et tiré notre peau dans tous les sens, scruté
tous nos orifices, ne nous ont épargné aucune humi-
liation, tout ça pour avoir le droit de nous soumettre à
l'appréciation d'un avorton. Et nous avons payé une
fortune pour ça, sans la moindre garantie finalement.
Car après tout que savons-nous, nous, de lui ? De ce
qu'il nous fera endurer ? Rien. On ne nous a pas
octroyé le moindre renseignement là-dessus. C'est le
principe, a dit Jacques. Ce sont les termes du contrat.
On est peut-être en train de se faire pigeonner, a dit la
femme. Jacqueline Studenmeyer avait probablement
raison. C'est bien le moment de t'en aviser, a dit
Jacques. Deux fois qu'on nous refuse, a dit la femme,
deux fois qu'on se retrouve comme des cons devant ce
voyant éteint, avec cette voix d'humanoïde qui nous
serine de rentrer chez nous et d'attendre une prochaine
convocation, quel affront, je n'arrive pas à y croire.
Non, ce que je voudrais maintenant c'est une maison
sur la Côte d'Azur. On oublie l'Alsace, voilà tout, et
on achète sur la Côte d'Azur. Naturellement tu vas me
dire que tu ne supportes pas la chaleur. Mais pour le
petit, la Côte d'Azur est mille fois préférable à
l'Alsace. L'Alsace en ferait au mieux un neurasthéni-

que, au pire un psychopathe dans le genre de mon père.
Si j'étais toi, j'éviterais de mentionner ton père, a
dit Jacques. La personne de l'Agence a bien voulu
fermer les yeux sur ce point, c'est déjà inespéré. Là
où il est maintenant, a dit la femme, dans l'état où ils
l'ont mis, ce monstre ne ferait pas de mal à une mou-
che. Mon beau-père est effectivement une sorte
de monstre, a dit Jacques, autant que vous le sachiez.
Mais totalement neutralisé, à présent. L'Agence pourra
vous le confirmer, elle a bien entendu fait son enquête.
Il a bouffé des gens, a dit la femme. À la petite cuillère.
Leur cervelle, a précisé Jacques, uniquement leur cervelle. Tu oublies les yeux, a dit la femme. Il faisait ça
devant ma sœur et moi, il nous obligeait à regarder.
Pas seulement regarder, a dit Jacques. Ma sœur, ça la
faisait rigoler, a dit la femme. Les yeux, elle les avalait
tout rond. Le bébé qu'elle a eu, je crois qu'il l'a bouffé,
lui aussi. Ils ont fini par le pincer, quand même, a dit
Jacques. Ils l'ont réduit à l'état de légume, a dit la
femme. Néanmoins ma femme n'envisage pas de
concevoir son propre enfant, elle craint d'enfanter un
monstre à son tour. Ça peut très bien sauter une géné-
ration, a dit la femme, là-dessus la personne de
l'Agence est tout à fait d'accord avec moi. Évidem-
ment, a dit Jacques, c'est dans leur intérêt. À l'hôpital
aussi les psychiatres me l'ont déconseillé, a dit la
femme. Oublie l'hôpital, a dit Jacques. Le traitement
t'a réussi, finalement. Tu sais très bien que je ne suis

pas à l'abri d'une rechute, a dit la femme. Mais il me faut cet enfant, malgré tout. Je veux remplir des biberons. Pousser une poussette. Je ne veux plus, quand je marche dans les rues, avoir les mains vides.

Walser

De Paul Walser, commençons par lui, on dit qu'il a une maladie, sang, os, peau, peut-être mentale, dont même les ombles chevaliers du lac auraient vent qui se tiennent, assurent les pêcheurs, à distance de son ponton. On dit également qu'il ne sait compter qu'en millions, que toute transaction en deçà du million le plongerait dans la perplexité. De cette maladie et de la fortune de Paul Walser, on ignore la nature et le montant exacts. La rumeur repose respectivement sur sa longue silhouette flottante qui parfois se montre en ville et sur ce que l'on peut distinguer de sa propriété lorsque l'on passe devant en bateau. À l'évidence une pelouse comme celle de Paul Walser doit chiffrer, que dire de ces arbres au feuillage étoilé qu'il aurait fait venir du Japon et dont les troncs filiformes s'inclinent sur les eaux du lac. Personne n'est capable de lui donner un âge, ni de s'accorder sur le timbre de sa voix. Certains prétendent qu'il s'exprime en chucho-

tant, ce que d'autres contredisent immédiatement, en
vérité nul ne l'a approché d'assez près pour obtenir
plus qu'un neurasthénique sourire. Aux lunettes dont
l'épaisse monture d'écaille noire accentue la pâleur de
sa peau, on le suppose myope. On sait avec certitude
qu'il vit seul. Un certain Rochelle, à la carrure inquié-
tante, entretient son chalet, que l'on peut voir récep-
tionner chaque matin les livraisons de nourriture à
l'extrémité du ponton. Jamais d'invités. Paul Walser a
pour voisins de gauche un prothésiste dentaire et sa
femme – une brune au bronzage voyant, montée été
comme hiver sur des chaussures à semelles compen-
sées et qui souffrirait d'une forme assez rare de
dépression. À sa droite, l'hôtel du Plongeon, médiocre
établissement situé à l'aplomb de l'eau, dont je suis
depuis maintenant une semaine l'unique et incrédule
client. Chaque jour qui passe sur ces rives lénifiantes
ne fait que me confirmer ma détestation des lacs et
des paysages lacustres. De ce climat aux prétendues
vertus anesthésiantes où je suis supposé patienter le
temps que mes nerfs atteignent un stade de relâchement acceptable. Mary a tout à coup déclaré qu'elle
ne me supporterait pas plus longtemps dans cet état
de nerfs, que mes nerfs, en l'état où ils étaient, détra-
quaient son propre système nerveux, nuit et jour,
à ce stade de contracture nerveuse c'était la clinique
ou la ville d'eau, je te laisse choisir, a-t-elle dit,
comme si la différence était patente. J'ai catégorique-

ment refusé la cure thermale, que je soupçonne de
frôler la maltraitance tout comme les soins thermaux
d'être inconsidérément administrés pour provoquer
chez le sujet un anéantissement des forces et opérer
sur son cerveau un lavage tel qu'il ne peut émerger de
là que dans un état d'épuisement physique et d'abat-
tement moral, de dépression en somme, je veux bien,
ai-je dit à Mary, tenter un relâchement, mais m'effon-
drer en peignoir, non. Mary a haussé des épaules exas-
pérées et deux jours plus tard je suis monté dans le
train qu'elle m'indiquait, flanqué d'une valise remplie
de lainages auxquels j'ai au dernier moment ajouté
quelques cahiers de musique. À l'instant où le train a
démarré, Mary m'a crié quelque chose que je n'ai
compris qu'à mon arrivée, quand mon chauffeur de
taxi m'a appris que l'Ermitage, seul hôtel possible
d'après le guide que j'avais consulté et devant lequel
nous venions de passer sans ralentir, était fermé pour
travaux, mais votre femme a réservé au Plongeon, a
ajouté le chauffeur. C'est alors que je me suis souvenu
du geste saugrenu et plus ou moins ondulatoire que
Mary avait esquissé, depuis le quai, au moment où
mon train démarrait, et que j'avais pris pour une inci-
tation à la pêche, profites-en pour pêcher, avait-elle
semblé dire, ce qui supposait de sa part une alarmante
méconnaissance de ma personne. De la façon la plus
lâche et la plus déloyale, Mary avait donc attendu que
je ne sois plus en mesure de sauter du wagon où elle

m'avait fourré pour me signifier que l'Ermitage, auquel j'avais consenti pour avoir lu que s'y pratiquait une excellente cuisine, ne saurait m'accueillir et c'est un plongeon qu'elle avait mimé. À peu près certain que nulle mention d'un hôtel de ce nom ne figurait dans le guide, c'est d'un œil inquiet que j'ai considéré l'étroit chemin bossué où s'engageait le taxi. La propriété de Paul Walser, a mentionné le chauffeur comme nous longions une haute et sombre palissade et quelques mètres plus loin, c'était le Plongeon, qui s'est révélé au premier coup d'œil à la hauteur de mes craintes. Le chauffeur m'a laissé devant une façade au crépi jaunâtre dont presque tous les volets étaient clos et il m'a fallu patienter un certain temps à la réception déserte avant de voir surgir la patronne de l'établissement, ou sa sœur – elles sont deux à se ressembler comme des sœurs, avec la même dentition proéminente –, qui m'a examiné comme si elle eût été prévenue de mon état, puis a décroché une clé du tableau avant de me conduire à une chambre où j'ai été presque étonné qu'elle ne m'enferme pas. De cette chambre j'ai immédiatement su que je ne saurais y être qu'improductif et c'est couché que j'ai entamé ma villégiature, dans l'attente de cet apaisement de mes nerfs qui m'autoriserait à revenir à Mary à qui j'écris d'abracadabrantes lettres qu'il est préférable que je ne poste pas. La nuit, je bats des records d'insomnie. Scandés par l'incessant clapotis du lac sur lequel le

brouillard ne se dissipe qu'aux alentours de midi pour,
dès quinze heures, tout envelopper à nouveau, trois
jours s'écoulent sans que j'enregistre la moindre atté-
nuation de mes symptômes. Je n'ouvre pas mes par-
titions. Mary me manque.

Le quatrième matin, un morne soleil fait tout de
même une apparition, révélant l'autre rive du lac jusque-là invisible et les lugubres montagnes qui la cein-
turent. Je sors de l'hôtel. Non pour me promener, je
ne me promène pas, mais pour emprunter la barque
mise à la disposition de ceux qui souhaitent accéder
à la plate-forme flottante bardée de pneus à laquelle
je suppose que l'hôtel doit son nom et d'où l'on a vue
sur la splendide pelouse de Paul Walser, ainsi que sur
l'affreuse maison du prothésiste dentaire. Je ne
m'intéresse pour l'instant ni à l'une ni à l'autre, j'ai
simplement en tête de ramer sur ce lac, jusqu'à l'épuisement si possible. Mais ainsi qu'on me l'a précisé à
la réception, il ne s'agit en aucun cas d'une barque
d'agrément au moyen de quoi satisfaire la curiosité
que la propriété de Paul Walser ne manque jamais de
susciter chez les clients de l'hôtel. En conséquence,
la longueur de la chaîne d'amarrage de cette barque a
été calculée pour ne couvrir que la distance exacte
entre l'hôtel et le plongeoir, et même un peu court, si
bien qu'à l'instant où l'on atteint ce dernier, la chaîne
émerge brutalement de l'eau et une petite secousse

s'ensuit qui vous fait aussitôt repartir en arrière pour
peu que vous n'ayez à temps lâché les rames et saisi
l'échelle rouillée à laquelle vous amarrer. Je dois donc
me contenter de la centaine de mètres qui séparent
l'embarcadère du plongeoir, sur lequel j'exécute
maintenant chaque matin quelques mouvements qui,
vus de loin, pourraient passer, j'en ai bien conscience,
pour des signaux de détresse, après quoi je remonte
dans la barque pour ramer avec une vigueur inutile
jusqu'à l'hôtel où m'attend un repas que je prends
seul dans la petite salle à manger, servi par l'une ou
l'autre des deux sœurs. Il arrive qu'un groupe de
pêcheurs vienne s'attabler. J'entends qu'il est question
de Paul Walser. En ville, où je me risque un jour, il
est également question de Paul Walser. Je finis par
demander qui est Paul Walser. À peine en suis-je
à tenter de combiner les informations disparates et
semble-t-il contradictoires qui m'ont été fournies que
tout à coup Paul Walser est devant moi et que je ne
m'en étonne pas, écrirai-je plus tard à Mary, j'ai aussitôt eu la conviction que cette rencontre n'avait rien
de fortuit, que cet homme n'était venu que dans
l'intention de me voir, après avoir probablement
observé, peut-être même aux jumelles, mes allers-
retours en barque et mes stations sur le plongeoir, j'ai
même été jusqu'à penser, tandis que nous nous fai-
sions face sur la terrasse de l'hôtel, moi passant d'un
pied sur l'autre dans cette incapacité à l'immobilité

qui est la mienne actuellement, lui au contraire parfaitement statique, qu'il n'ignorait pas grand-chose de moi ni des circonstances qui m'ont conduit ici. Paul Walser, a dit Paul Walser. Paul Koning, ai-je dit. Son regard est descendu sur mes mains, dont je venais de faire craquer les jointures. Agité, a dit Walser. Il paraît, ai-je dit. Fichu endroit, a dit Walser. Un peu surpris, j'ai acquiescé. Il faut admettre que cet hôtel, ai-je dit. Tout, a dit Walser en balayant lentement le paysage de la main. Ce mot et ce geste, ce qu'abruptement ce mot et ce geste indiquaient de lassitude ou de fatalisme, ont eu pour effet de m'immobiliser. Je me suis alors aperçu que Walser tremblait, ou plutôt vibrait, son corps paraissait soumis à une diffuse et continue pulsation interne affleurant à peine la surface de sa peau et qui n'évoquait en rien l'activité sanguine – à vrai dire Walser, bien qu'il se tînt droit et de toute évidence en vie, semblait dépourvu de la moindre goutte de sang, ce qui le maintenait droit et en vie paraissait d'une tout autre substance que sanguine, l'eau du lac, ai-je tout à coup pensé, c'est l'eau du lac qui coule dans ses veines, c'est elle qui l'irrigue. Qu'il s'éloigne de cette eau et il meurt, ai-je pensé, et pour silencieux et absurde qu'il fût, ce diagnostic m'a valu de la part de Walser un fugitif sourire qui pouvait être interprété comme des félicitations ironiques. Je me demandais, a-t-il dit alors. Il s'est interrompu, hésitant maintenant, cherchant autour de lui quelque élément solide où s'appuyer, renonçant, son regard revenant vers moi, seul soutien concevable eût-on dit, je me demandais, a-t-il repris, si vous accepteriez ma compagnie. Un déjeuner à mon chalet, par exemple. Et à nouveau, il a eu ce geste en direction du paysage, qui condamnait tout, effroyable endroit, a-t-il murmuré comme s'il se parlait à lui-même, comme si, quelle que fût la réponse que je ferais à son invitation, il n'en attendait soudain plus rien, s'en désintéressait absolument, ou même ne la souhaitait plus, l'élan qui l'avait conduit jusqu'à moi, cette tentative qu'il avait accomplie de m'aborder... dérisoire et vain, avait-il subitement l'air de penser. Rochelle est un excellent cuisinier, a-t-il cependant fini par dire, et effectivement, écrirai-je plus tard à Mary, tu n'imagines pas combien remarquable est la nourriture que nous sert ce Rochelle, et à laquelle, une fois qu'il a avalé tous ses comprimés, Walser touche à peine. Mais ce n'est ni pour la nourriture ni pour le vin, curieusement tout juste buvable, que j'ai accepté ce jour-là l'invitation de Walser, si j'ai accepté d'aller chez Walser, puis de passer toutes ces heures dans le chalet silencieux de Walser, agencé de façon que jamais n'y pénètre un soleil que Walser ne supporte pas, comme il ne supporte à vrai dire rien ni personne, pas même moi sans doute, c'est à cause de ce que m'a dit Walser sur la terrasse de l'hôtel, au moment où nous nous séparions. Au moins jusqu'au 15, a-t-il dit (lui tenir compagnie), après quoi. Et cette fois, c'était explicitement une prière qu'il m'adressait, le front plissé, l'étrange vibration de son corps plus perceptible, son regard, où ne subsistait plus que le désarroi, suspendu au mien, qu'espère-t-il de moi, me suis-je demandé, d'un énervé dans mon genre, quel apaisement, quel divertissement, mais j'ai dit oui, c'est entendu, je viendrai. Non que je sois moi-même en grande forme, ai-je ajouté. C'est évident, a dit Walser. Il m'a adressé un infime sourire avant de rejoindre son bateau pour filer sur l'eau dans cette accélération brutale, décrivant une trajectoire parfaitement maîtrisée, et à l'instant où il a disparu dans la brume j'ai pris conscience de l'élément invulnérable dont il était constitué, j'ai su que quelle que soit la souffrance, physique et mentale, qu'il endurait, il n'en escomptait nul allègement et nulle délivrance, ni de moi ni de quiconque, car d'une autre version de lui-même il n'eût probablement su que faire.

Walser semble maintenant considérer comme naturel que j'apparaisse chaque jour en fin de matinée, introduit par le colossal et mutique Rochelle, dans la grande pièce du premier étage où il se tient, tous stores baissés, m'accueillant comme si j'arrivais d'un monde avec lequel il a cessé tout rapport. J'ignore sur quels critères j'ai été sélectionné, sans doute l'ai-je été faute de mieux, ou sur le peu d'indications qu'ont éventuellement livrées à mon sujet les deux présumées sœurs du Plongeon – quoi qu'elles aient pu dire, me voilà désormais dispensé de leur exécrable cuisine –, ou encore sur la foi d'un isolement que contrairement à Walser je n'ai pas choisi, qui cessera lorsque tu, écrirai-je à Mary, envisageras à nouveau de dormir près de moi, en admettant que je vienne à bout de cette agitation qui autrefois te faisait sourire et sur laquelle la présence agonisante de Walser a un effet des plus inattendus. Chacune des morbides pensées que déroule Walser, matin après matin, en un monologue blasé, entrecoupé de pauses, dont je finis par comprendre qu'il ne s'adresse à personne, se dépose en moi et me tient immobile, débarrassé de toute fébrilité. À vrai dire, plus morbides sont les propos de Walser, plus grande est la quiétude qu'ils me procurent et lorsque Rochelle entre dans la pièce pour annoncer le déjeuner, je ne jurerais pas que je n'ai pas somnolé. Walser semble considérer comme acquis que nous partageons la même aversion pour ce lac devant quoi, dit-il, chacun s'extasie de façon absurde, car enfin quel spectacle plus sinistre que cette eau morne cernée de montagnes fantomatiques, et l'été, dit Walser, il faut s'imaginer l'été ici, la mièvrerie des villes d'eaux, ciel et montagnes comme poudrés et partout des fleurs, partout des bacs remplis de fleurs, petits ponts et violonistes à chaque coin de rue. L'été Walser émigre, n'importe quelle tapageuse capitale du monde plutôt que cet alanguissement général. Il faut être fou pour s'attarder dans les parages plus d'une demi-minute, ajoute Walser, et il tourne la tête vers moi comme s'il s'avisait soudain de ma présence, ce lac, assure-t-il, va si bien ramollir vos nerfs qu'il vous conduira tout droit à la dépression. Non que vous ne soyez déjà atteint de dépression, dit Walser, il est incontestable que vous l'êtes. Très mauvais choix que vous avez fait là. Toutes mes maladies ont ici atteint leur point culminant. D'autres sont apparues, inconnues des médecins. Une prolifération burlesque de maladies inconnues. Je devrais mourir, dit Walser, mais je ne meurs pas. Des maladies si actives qu'elles vous maintiennent en vie ; des médecins si compétents que dans chaque maison, une interminable, luxueuse agonie. Longez les rives de ce lac et vous tombez soit sur une maladie soit sur un membre du corps médical, plus saugrenue est la maladie, plus florissant est le membre du corps médical. Ce lac dont on vous vante les attraits est en réalité un véritable vivier de maladies. Dès votre arrivée elles vous prennent d'assaut, vous affublent d'une grotesque sarabande de symptômes. Des gens dans votre état affluent de toutes parts, espérant la rémission de leurs troubles et les voilà en un temps record à l'article de la mort. Les médecins dont nous disposons ici, pratiquement un médecin pour une maladie – à chaque nouvelle maladie qui fait son apparition c'est un nouveau médecin

qui ouvre son cabinet –, ne valent rien dans le cas
d'une affection bénigne. Mais pour ce qui est de
conserver les mourants en vie, ils sont imbattables. La
vérité, dit Walser, est que personne ici n'est autorisé
à mourir avant des mois et des mois d'une ruineuse
agonie. À chaque médecin qui ouvre son cabinet, c'est
en effet une banque qui ouvre ses guichets. Parcs,
fontaines, massifs de fleurs, entièrement financés par
la maladie. Quelque élément du décor que vous admi-
riez, c'est l'argent de la maladie que vous admirez.
On s'attendrait à quantité de cimetières, pourtant les
cimetières restent introuvables. Mourez et vous êtes
immédiatement évacué d'ici. Dans chaque hélicoptère
qui décolle se trouve un cadavre encore chaud, bientôt
parachuté sur l'autre versant de ces montagnes, là où
s'agglutinent et prospèrent les entreprises de pompes
funèbres. Je suis né dans ces montagnes, dit Walser.
À moitié mort dès la première seconde de ma vie.
Manquant suffoquer sous la mortifère puanteur qui
monte de cette eau. J'ai grimpé ces montagnes aussi
haut que mes forces d'enfant me le permettaient. Le
sommet atteint, tourner le dos au lac pour, au fond de
la vallée, observer la file ininterrompue de corbillards.
Et la puanteur qui ne vous lâche pas. Où que j'aie
vécu, aussi loin que je sois allé, à peine atténuée,
constamment perceptible. Rien d'autre en réalité
qu'une émanation de moi-même, dit Walser, il m'a
fallu revenir à ce lac pour le comprendre. Bien que

j'aie toujours pensé ne jamais revenir, dit Walser. Il est un fait qu'à la minute où vous décidez d'en finir, ce lac vous vient instantanément à l'esprit. Quel que soit votre état, vous prenez aussitôt la direction de ce lac, un seul coup d'œil vous suffit pour apprécier qu'il n'est pas de meilleur endroit pour en finir. Vous-même, dit Walser, quand je vous ai vu ramer vers ce plongeoir. Votre entêtement à atteindre ce plongeoir. Rares sont en effet les clients du Plongeon qu'on ne repêche pas au fond de l'eau. Cette barque ramène presque autant de noyés que l'hôtel compte de clients, quiconque emprunte cette barque pour ramer jusqu'au plongeoir revient rarement par ses propres moyens. Cependant vous agitiez les bras, dit Walser. J'ai pris mes jumelles et j'ai constaté ce fait exceptionnel. Les bras et la tête. Le tracé de vos mains, cette lente empreinte qu'elles laissaient dans l'air, Wagner, n'est-ce pas ? Comme si je l'avais entendu, dit Walser. Ce monde, dit encore Walser, n'a de cesse de nous expulser. Un perpétuel processus d'expulsion. Je vous ai observé, reprend-il, ne pas vous flanquer à l'eau, comme se flanquent à l'eau pratiquement tous ceux qui prennent une chambre au Plongeon, la plupart sans même se donner le temps de défaire leur valise. C'est alors, écrirai-je à Mary, qu'il me vient à l'esprit que je n'ai pas défait ma valise, non que je cherche à t'alarmer, ni même à t'attendrir, sache seulement que je n'ai pas suspendu mes vêtements, voilà tout. Vous sembliez, poursuit Walser, destiné à vous flanquer à l'eau comme les autres. Vous avez observé l'eau, longuement, avec ce regard qu'ils ont tous et cette fixité qu'ils ont tous et à l'instant où j'ai été certain que vous alliez prendre votre élan, à cet instant vous avez effectivement pris votre élan, non pour vous jeter dans le lac ainsi que je m'y attendais mais, et c'est alors que j'ai saisi mes jumelles, pour conduire cette ouverture. La même ouverture, n'est-ce pas ? trois matins de suite. Elle me rend fou, dis-je. Walser se contente de lever et de laisser retomber sa main sur l'accoudoir de son fauteuil. Votre acharnement, dit-il, l'acharnement que met cet homme à ne pas se jeter à l'eau, ai-je pensé en vous observant aux jumelles. Mais ne pas faire une chose, ajoute-t-il, revient parfois à la faire. C'est pourquoi je suis venu vous trouver, Koning. C'est pourquoi j'ai utilisé ce qu'il me reste de forces pour vous approcher.

Quelque chose prend lentement forme entre Walser et moi, sans qu'aucune question soit posée, comme si notre injustifiable présence au bord de ce lac suffisait à nous définir. Le reste de mon existence n'intéressant manifestement pas Walser, j'en conclus que nulle conversation majeure n'est à craindre qui m'entraînerait à de vaines confidences, et je m'installe dans sa solitude, incapable de me le représenter autrement que reclus dans cette coriace agonie dont on ne voit pas

la fin. Elle me nargue, dit Walser à propos de cette
mort que j'attends maintenant avec lui, dont toutes les
conditions semblent réunies et qui pourtant nous
oppose une inacceptable résistance, à croire que nous
nous y prenons mal, suis-je tenté de dire à Walser
qui semble retombé dans une indifférence à tout.
J'apprends néammoins qu'il a fait fortune dans les
ponts, ou plus précisément, écrirai-je à Mary, dans la
conception d'un système de joints de dilatation dont
je t'épargne les détails, imagine-toi seulement que ce
léger déclic métallique qu'à intervalles réguliers nous
ressentons en roulant sur un pont, un viaduc, ou même
un aqueduc est le produit dûment breveté du cerveau
de Paul Walser, un homme entièrement focalisé sur
son anéantissement, chez lequel, et alors qu'il n'est
question que de moribonds et de cadavres, je fais les
plus succulents déjeuners qui soient. Une seule bou-
chée m'a suffi pour déceler l'agilité de la cuisine de
Rochelle, que mes compliments laissent de marbre, si
bien qu'évitant maintenant la vue de ses énormes
mains, idéalement conçues, me paraît-il, pour m'em-
poigner et me flanquer dehors, je me contente d'un
discret signe de tête lorsqu'il dépose devant moi ces
assiettes d'une insoupçonnable délicatesse, dans la
dégustation desquelles je m'absorbe entièrement tandis qu'à l'autre extrémité de la longue table Walser
ingurgite machinalement quelques cuillerées d'une
molle consistance, l'air plus que jamais au bord de

l'effondrement, avant de se lever et, me priant de continuer sans lui, de me laisser seul dans la pénombre de cette salle à manger où je finis par comprendre que Rochelle ne réapparaîtra pas avec la suite du déjeuner, si bien que je quitte la pièce à mon tour et, sans croiser personne, regagne le Plongeon où j'apprends comme chaque jour que Mary n'a pas téléphoné. De la fenêtre de ma chambre, je peux voir le ponton de Paul Walser, désert et luisant d'eau, et par-delà son hangar à bateau, la terrasse de la maison du prothésiste dentaire où il arrive que se tienne, immobile sous la pluie, une femme en ciré noir, jambes nues et étonnamment bronzées, que l'on dirait tout juste sortie de l'eau, les yeux rivés, semble-t-il, sur le hangar à bateau de Walser. Mais ce n'est ni son bronzage ni sa manifeste indifférence à la pluie qui m'intriguent, ce qui m'intrigue, c'est de noter qu'il suffit que Rochelle se montre sur la pelouse de Walser et s'avance de quelques pas en direction du lac, lentement et sans même la regarder, pour que la femme tourne le dos et disparaisse dans la maison du prothésiste dentaire, une affligeante construction de pierres grossièrement cimentées. Je m'allonge sur mon lit, spéculant sur les circonstances qui ont pu amener Walser, un homme jouissant du quasi-monopole des joints de dilatation, à revenir s'échouer ici, dans ce qu'il qualifie de supercherie lacustre, pour être aussitôt assailli par ces maladies typiquement locales puis soumis aux diagnostics farfelus et aux traitements nébuleux de médecins dont la spécificité, à l'entendre, est de ne s'intéresser à vous qu'à partir de l'instant où ils vous considèrent inguérissable. Et alors vous n'en finissez plus de durer, dit Walser dont la voix, à mesure que nous approchons du 15, se réduit à un murmure presque indistinct. Mais j'ai mon bateau, déclare soudain Walser, à tout moment je peux monter sur mon bateau. La phrase reste un moment en suspens, et même, écrirai-je à Mary, un assez long moment. Un vent déchaîné aujourd'hui, observe Walser, vous l'entendez ? Je hoche lentement la tête, cherchant une réplique banale, la trouvant, l'hiver, dis-je, l'hiver qui s'annonce, et je tente un sourire, il a son bateau, me dis-je, sur lequel je n'ai nulle intention de monter, un Riva, m'a-t-il semblé, dis-je à Walser. J'ai mon bateau, répète Walser. Et j'ai ma date, ajoute-t-il. Je soutiens son regard. Le 15, finis-je par dire. Le 15, confirme Walser. Filer jusqu'aux rochers et en finir. Seul, j'espère, dis-je. Absolument seul, me rassure Walser. Rien de moins... spectaculaire que nous puissions envisager ? dis-je. Je crains que non, dit Walser. Je veux qu'elle se montre, vous comprenez. Qu'elle m'affronte. Quelque chose de frontal. Bien, dis-je. En ce cas. Reste la femme du prothésiste dentaire, dit Walser. Le problème de la femme du prothésiste dentaire. Vous avez dû l'apercevoir. Oui, dis-je, c'est possible. Cette femme en ciré noir ? J'ai commis

l'erreur de lui parler de mon bateau, dit Walser. Et
maintenant elle aussi veut mon bateau. Mais je ne
veux pas de la femme du prothésiste dentaire sur mon
bateau, déclare Walser. Elle est capable, comment
dire, du pire lyrisme. Je vois, dis-je. Il faut cependant que je puisse atteindre mon bateau, dit Walser.
Et je marche maintenant si lentement, comprenez-
vous ?

Voici donc, écrirai-je à Mary, que la femme du
prothésiste dentaire mobilise désormais toute notre
réflexion. Il semblerait que la pathologie dont cette
femme est atteinte en fasse une candidate enthousiaste
au suicide et qu'en des circonstances qu'il a négligé
d'éclaircir, Walser se soit plus ou moins engagé à
l'emmener se fracasser avec lui contre les rochers. Je
ne suis pas absolument certain, écrirai-je à Mary, qu'il
soit indispensable de t'énumérer les différentes possi-
bilités qui s'offrent à nous pour déjouer la surveillance
constante qu'exerce désormais cette femme sur les
allées et venues de Walser, et que nous examinons
l'une après l'autre pour les exclure l'une après l'autre.
La solution que, sur ma suggestion, nous avons finalement retenue est celle, écrirai-je à Mary, de mon
suicide personnel depuis le plongeoir de cet hôtel où
j'attends vainement un signe de toi. J'ignore encore
de quelle façon je vais m'y prendre. Il me faudra être

assez convaincant pour mobiliser l'intérêt de la femme du prothésiste dentaire et procéder avec une certaine lenteur, de sorte que Walser ait le temps de rejoindre son bateau. Représente-toi donc un lent suicide. Hier, après un ultime déjeuner, Walser et moi nous sommes serré la main. Je viens de boucler ma valise et de la descendre à la réception où j'ai réglé la note de mon séjour. J'ai mon billet de train et je ne cesse de me demander si tu seras à la gare. Le bateau de Walser fera très certainement, en démarrant, un bruit effroyable, et je crains, ai-je écrit à Mary, de trouver l'eau glaciale.

L'Alsacienne

De là où nous sommes, nous pouvons voir ceux qui pénètrent dans le cimetière. Pour peu que nous ne soyons pas occupés à autre chose, nous pouvons même suivre, bien avant leur arrivée, la sinueuse trajectoire de leurs véhicules sur la départementale. L'été, le scintillement des carrosseries émergeant de la masse des blés est un spectacle que nous apprécions, quoique certains d'entre nous prétendent être également séduits par le halo des phares fendant le brouillard, l'hiver. En toute saison, à l'approche des visiteurs, une certaine agitation s'empare de nous, éventuellement comparable à d'amples battements d'ailes qui cessent dès l'instant où quelqu'un pousse la grille du cimetière. Cette grille qui s'ouvre dans un long grincement et dont nul ne songe à huiler les gonds nous est un constant motif d'irritation. Nous grimaçons, nous grommelons, l'un d'entre nous, maréchal-ferrant, dit : c'est pas sorcier, tout de même, quelques gouttes de

3-en-un, Froment en vend. Nous hochons la tête, Froment, notre épicier, n'a jamais mis les pieds au cimetière, pas encore, quelques-uns parmi nous ne sont pas si pressés de le voir arriver, ayant encore une ardoise chez lui, mais Froment pour l'heure ne nous intéresse pas, celui qui mobilise notre attention, l'homme à l'imperméable, et que nous avons vu, comme les autres, arriver de loin, dans une berline anglaise, un modèle de luxe dont la portière s'est refermée sans bruit, nous ne le connaissons pas. Un blond comme il en existe peu à cet âge, la cinquantaine, peau pâle, regard pâle, visiteur de marque à n'en pas douter. Certainement pas un affligé. Nul n'est mieux que nous exercé à mesurer le degré d'affliction de ceux qui entrent dans le cimetière, le chagrin, la peine, la douleur sont des états que nous observons avec une clairvoyance détachée, ayant nous-mêmes perdu la mémoire de l'amour. De toutes les mémoires, la mémoire de l'amour est en effet celle qui s'efface la première, comme nous le savons maintenant. Une vue de l'esprit, une construction de toutes pièces, voilà pourquoi, voilà tout, affirment plusieurs d'entre nous. Il est exact que nous avons parfaitement en tête certains détails, ainsi la vitrine crasseuse de Froment, le fatras de sa boutique et l'assurance d'y trouver notamment de la graisse anticorrosion, mais nous avons oublié qui nous avons aimé, ou qui nous a aimés, absolument tout oublié, c'est un fait. L'imperméable de l'homme forme

une tache claire sur la grille d'entrée contre laquelle il
se tient, parcourant l'endroit du regard, hésitant manifestement à s'engager dans l'allée menant aux piteuses
funérailles qui ont lieu en ce moment même à l'extrémité gauche du cimetière, funérailles dont nous-mêmes
nous désintéressons totalement. On est en train d'enter-
rer la femme de Z., comme nous l'avons toujours
appelé, et à l'exception du veuf, de sa sœur, l'ancienne
carmélite, et des quatre fossoyeurs, il n'est venu
personne. Toute notre attention, donc, focalisée sur
l'homme à l'imperméable, que nous examinons avec
le plus grand intérêt, supputant les raisons de sa présence. Un touriste, suggère l'un de nous, un touriste
anglais, de ceux qui font la tournée des vignobles, ou
un égaré comme il s'en présente parfois, ou encore un
amateur de pierres tombales. L'homme consulte sa
montre, murmure quelque chose que nous ne saisissons
pas puis se dirige lentement vers la sortie, s'apprêtant,
semble-t-il, à repartir, ce que nous déplorons, n'ayant
pas entendu sa voix. Entendre les voix, écouter les
conversations est ce que nous préférons au monde,
notre distraction favorite. Rien de ce que les gens
viennent se dire dans ce cimetière ne nous échappe
– rien non plus de ce que certains y accomplissent –,
nous enregistrons tout et nous n'en faisons rien,
n'en tenons aucun compte, ne nous laissons attendrir
ni ne nous offusquons. L'Anglais, comme nous le défi-
nissons, a maintenant rejoint sa voiture mais n'y monte

pas, se contente d'ouvrir le coffre et de contempler la monumentale gerbe de fleurs qui y repose, visiblement indécis quant à l'opportunité de l'extraire du coffre, opportunité dont nous-mêmes doutons, il est un fait que cette gerbe paraît d'une indécente somptuosité en regard du navrant enterrement dont Mme Z. est l'objet, pour lequel l'Anglais serait donc venu, mais à quel titre ? Ceux d'entre nous qui ont approché Jacqueline Z. se disent incapables d'établir le moindre lien entre elle et cet élégant personnage, certainement pas un membre, fût-il éloigné, de sa famille à elle. Pour ce qui concerne Z., le veuf, les avis sont moins catégoriques, nous ne savons pas grand-chose de Z., un chasseur plutôt maladroit, distrait, assez distrait pour avoir un beau jour ramené d'Alsace, d'une chasse au sanglier alsacien, en lieu et place d'un sanglier alsacien, la personne de Jacqueline Z. L'Alsacienne, disons-nous de Jacqueline Z.

L'Anglais vient de refermer le coffre de la voiture et, ayant gagné le siège conducteur sur lequel il s'assied, jambes à l'extérieur de l'habitacle, retire de la poche intérieure de son imperméable une flasque en argent martelé qu'il coince entre ses genoux pour, de la main gauche, en dévisser le bouchon. Nous constatons, à certain mouvement de son bras droit, l'extrémité arrondie, cerclée de métal, qui termine ce bras, absence de main droite, donc, laquelle, ainsi que pense le dis-

cerner l'un de nous, reposerait sur le siège passager.
Occupés de cette main, nous n'avons pas vu poindre
sur l'horizon le rutilant coupé rouge. C'est le ronfle-
ment du moteur, joint à la façon dont l'Anglais redresse
soudain la tête pour tendre l'oreille, qui nous alerte.
Nous nous détournons de lui pour admirer ce qu'il ne
peut pas voir, la dextérité avec laquelle le bolide négo-
cie les derniers virages à coups d'accélérations et de
décélérations, remarquable tenue de route, observons-
nous, enregistrant, au moment où l'engin, dans un
ultime vrombissement, stoppe devant la grille, la
plaque d'immatriculation espagnole. Tous nos regards
convergent maintenant sur l'homme qui sort du véhicule, costume à grands carreaux, bonne coupe quoique
fripé par endroits, chemise bordeaux assortie aux
chaussettes, mocassins camel. L'homme tient une cra-
vate à la main, qu'il noue rapidement à son col tout en
s'avançant vers l'Anglais. Roulé d'une traite depuis la
frontière, dit-il. L'Anglais a une moue appréciative.
D'une traite, répète-t-il en regardant la berline de
l'Anglais. De la poche de sa veste, il sort un fume-
cigarette, mais pas de cigarette, le coince entre ses
dents. Belle bête, mais pas pour moi, déclare-t-il en
tapotant le toit de la berline. Plus jamais une comme
celle-là. Droit dans le premier fossé avec celle-là. Oui,
dit l'Anglais. Leozino Pollak, dit l'Espagnol. Leo.
Julius Neville, dit l'Anglais. Nous le voyons, déplorant
d'en avoir manqué le processus de fixation, tendre sa

main droite, d'un beige identique à celui du cuir de
sa voiture, que l'Espagnol prend, serre et rend, le plus
naturellement du monde, avant de se tourner vers le
cimetière. Où sont-ils tous, demande-t-il. D'un geste,
l'Anglais désigne l'allée de gauche. Les deux hommes
s'avancent lentement jusqu'à la grille qu'ils franchis-
sent et font quelques pas dans la direction indiquée par
l'Anglais. Nous constatons que de ce côté-là les choses
n'ont pas beaucoup avancé. Le cercueil repose toujours
le long de la tranchée que deux des quatre fossoyeurs,
armés de leurs pelles, s'emploient vraisemblablement
à élargir, cependant que le veuf laisse errer son regard
sur la campagne, sa sœur à ses pieds, agenouillée à
même la terre, courbée sur le sol. Au jugé, nous esti-
mons qu'il doit manquer une vingtaine de centimètres,
peut-être vingt-cinq, pour que l'Alsacienne soit intro-
duite dans sa dernière demeure sans qu'il soit besoin
de forcer. Le fait est que nos fossoyeurs sont de jeunes
bénévoles non qualifiés, qui sans doute n'avaient pas
envisagé un cercueil aussi imposant. L'Espagnol émet
un court sifflement. Apparemment pas grand monde
pour la pleurer, dit-il. L'Anglais ne répond rien. De
la pointe de son mocassin, l'Espagnol soulève légèrement l'arrosoir de plastique qui traîne dans l'allée, le
maintient ainsi quelques secondes et, d'un preste
décroché, l'envoie rejoindre les autres, négligemment
empilés sous le robinet. Les mêmes partout, dit-il en
anglais. Pleins d'eau croupie, de feuilles pourries,

grouillant de bestioles. Rien que du plastique. Ceux d'entre nous qui ont conservé leur anglais font observer que l'accent de l'Espagnol est irréprochable. L'Anglais le considère soudain avec attention. Leozino Pollak ? dit-il. Pardonnez-moi, je n'avais pas réalisé. Qu'importe, signifie d'un geste l'Espagnol. S'aidant de son coude droit, l'Anglais resserre la ceinture de son imperméable, en redresse le col, extrait la flasque de sa poche, la cale entre son avant-bras et son estomac, en dévisse le bouchon et la tend à l'Espagnol. Bourbon, dit-il. Ah, dit l'Espagnol. Bien. Il boit, rend la flasque à l'Anglais qui boit à son tour. Je ne sais quoi penser, dit l'Espagnol. Quoi penser de quoi, dit l'Anglais. Eh bien de ça, dit l'Espagnol balayant d'un ample geste du bras le cimetière. La mort, non ? Oh, dit l'Anglais. Oh, répète l'un de nous en l'imitant. À vrai dire, reprend l'Espagnol, je n'y pense jamais. Absolument jamais. Même ici, même maintenant, je n'y pense pas. Comme si elle n'existait pas, comprenez-vous. Nous soupirons, appréhendant l'un de ces échanges stériles, convenus, hélas inévitables en ce lieu. La mort est en effet un sujet dont nous avons découvert l'absence totale d'intérêt. Mais l'Anglais se contente d'un hochement de tête, ce dont nous lui savons gré. Ni ténèbres, ni lumière, à ce que je crois, déclare l'Espagnol. Ni errance, ni flottement. Ni effroi, ni consolation, rien de tout ça, n'est-ce pas ? poursuit-il, tout à coup pris d'un saignement de nez qui lui fait rejeter la tête en arrière.

Manque de sommeil, dit-il en plaquant un mouchoir contre sa narine. Je comprends, dit l'Anglais. J'ai moi aussi fait une longue route. Vous êtes pâle, dit l'Espagnol, je vous envie votre pâleur. Mes vaisseaux à moi éclatent les uns après les autres, couperose partout. Il retire le mouchoir et attend quelques secondes avant de le rouler en boule et de s'en tamponner la narine. Voilà, c'est passé, dit-il en fourrant le mouchoir dans la poche de son pantalon. Il se tourne vers l'Anglais. Comment est-elle morte, exactement ? On a dit qu'il était en train d'astiquer ses fusils quand elle est entrée dans la pièce. À ce qu'on prétend, elle n'entrait jamais dans cette pièce. Une sorte d'armurerie. Peut-être, dit l'Anglais. Elle se serait assise en face de lui, reprend l'Espagnol, et aurait basculé vers l'avant, le front plaqué sur la table, les bras pendant dans le vide, et lui, consterné par la disgrâce de cette posture, aurait raccroché ses fusils l'un après l'autre et serait sorti. La carmélite, plus tard. C'est elle qui l'a trouvée, n'est-ce pas ? C'est possible, dit l'Anglais. Je pensais que vous le sauriez, dit l'Espagnol. Je pensais que vous étiez de la famille. Non, dit l'Anglais. Voyez-vous, dit l'Espagnol, j'aimerais savoir précisément comment les choses se sont passées. Je lui dois beaucoup, à lui, comprenez-vous. Sans lui, sans sa généreuse contribution, jamais je ne serais devenu qui je suis devenu. Vraiment ? dit l'Anglais. On dirait bien qu'ils ont fini de creuser, observe l'Espagnol, nous devrions peut-être

y aller, maintenant. Je préfère rester là, dit l'Anglais.
Mais je vous en prie, allez-y, vous. Personne ne s'est
déplacé, dit l'Espagnol, c'est tout de même extraordi-
naire. Et nous, nous avons fait toute cette route.
Croyez-vous que nous pouvons espérer une collation
au manoir. Croyez-vous qu'ils ont prévu quelque
chose. Ils ont dû le faire, malgré tout. Elle cuisinait
admirablement, savez-vous. Pas de cuisinière au
manoir, rien qu'une femme de charge. La carmélite,
elle, ne sait rien cuisiner, c'est à peine si elle mange.
Elle a quitté le carmel, dit l'Anglais. Elle n'est plus
carmélite. Pourquoi dites-vous la carmélite, demande-
t-il en examinant l'endroit où nous nous trouvons. Bien
qu'il soit extrêmement rare que notre présence soit
perçue, un lent frémissement nous parcourt, comme
chaque fois que les yeux de quelqu'un s'attardent sur
nous. Mais l'Anglais, s'il nous a remarqués, demeure
impassible et nous recouvrons notre calme. Tout de
même, dit l'Espagnol. Elle est restée contemplative.
Voyez comme elle se tient. C'est elle, maintenant, qui
va devoir administrer le manoir. Prendre soin de son
frère. À moins que. À moins que quoi, demande
l'Anglais. Je ne sais pas, dit l'Espagnol. On ne peut
pas savoir comment les choses se passent, on ne peut
pas tout prévoir. Il se tourne vers l'Anglais. Avez-vous
des amis ? demande-t-il. Des amis ? dit l'Anglais en
considérant l'Espagnol. Non, je ne crois pas, et vous ?
Mais oui bien sûr, forcément, vous en avez. Énormé-

ment, dit l'Espagnol. Des admirateurs, dit l'Anglais.
Ça oui, dit l'Espagnol. Des flopées d'admirateurs. Je
vous admire, moi aussi, dit l'Anglais. Je fais partie de
vos admirateurs. Ça me touche beaucoup, dit l'Espagnol. Sincèrement. J'aimerais faire quelque chose pour
elle, ajoute-t-il en désignant la sœur de Z. qui s'est
relevée. L'emmener quelque part loin d'ici, peut-être.
Tout à l'heure, si nous allons au manoir, vous verrez
à quel point elle est... Oui ? dit l'Anglais. L'Espagnol
a un bref sourire : eh bien n'est-ce pas, attirante, d'une
certaine façon. Ce côté si... désincarné. Désincarné,
répète l'Anglais. Toutefois, poursuit l'Espagnol, je
pense avoir quelque chance de la... Ah, le coupe
l'Anglais, il me semble qu'ils sont prêts, là-bas. Dirigeant nos regards vers la tombe, nous constatons que
l'Alsacienne est sur le point d'y être descendue. Les
quatre jeunes fossoyeurs se sont emparés des sangles
et, arc-boutés, s'activent à placer le cercueil dans l'axe
de la tranchée. Pour le coup, ils ont prévu large, estime
l'un d'entre nous. Nous nous rapprochons les uns des
autres. L'ensevelissement est un moment que nous
n'apprécions que très modérément, d'autant plus
modérément cette fois que nous redoutons l'arrivée de
l'Alsacienne. L'un de ses jardiniers, désormais parmi
nous, ne nous a rien laissé ignorer de la façon dont, à
peine en possession du manoir, elle a impitoyablement
fait abattre les arbres du parc, des arbres séculaires,
éradiquer les bosquets, arracher les massifs d'aubé-

pine. Plus que des rosiers à présent, déclare le jardinier, qu'elle a fait venir par centaines d'Angleterre, comme les sécateurs, les bons sécateurs, prétend l'Alsacienne, sont anglais, les sécateurs français ne valent pas un clou, ils grippent ou bien le ressort lâche. Et ainsi de suite. L'Alsacienne détruit tout sur son passage, affirme le jardinier. Elle nous tranchera les ailes. Les quatre fossoyeurs maintiennent maintenant le cercueil suspendu au-dessus de la fosse, attendant, au prix d'un effort manifeste, que l'ancienne carmélite ramène son frère de là où il est allé se poster, en bordure du cimetière, absorbé dans la contemplation des oiseaux qui parcourent le ciel. Nous la voyons poser délicatement sa main sur le bras de Z., qui fixe cette main d'un air absent, et reprend sa contemplation du ciel, peu disposé, sommes-nous tentés de penser, à se laisser entraîner vers la tombe. L'un des fossoyeurs pousse soudain un retentissant juron qui nous fait tous tressaillir. Nous constatons que la sangle lui file entre les mains, déstabilisant les autres fossoyeurs, déséquilibrant le cercueil qui, dressé à la verticale, sombre brutalement dans la fosse. Nous entendons le rire de l'ancienne carmélite. Son rire clair, délicieusement sonore, qui nous délivre tous de l'Alsacienne. Puis nous la voyons, laissant son frère interdit, s'élancer dans l'allée, la remonter à vive, gracieuse allure, jusqu'à la grille du cimetière où ne se trouve plus que l'Espagnol qui tend un bras vers elle, passer devant l'Espagnol sans s'arrêter et s'engouffrer dans la berline de l'Anglais. L'Anglais referme la portière sur elle, contourne le véhicule pour s'installer au volant et démarre. Nous voyons ensuite l'Espagnol se précipiter à sa voiture, en ouvrir la portière, hésiter, la refermer et, découvrant la gerbe de fleurs abandonnée au sol, se diriger lentement vers cette gerbe, la considérer pensivement, puis, d'un coup de pied, envoyer les fleurs valdinguer dans les airs. Tant de vie, soupirons-nous. Ennui. Nous replions nos ailes, nous refermons nos yeux.

Pauline au téléphone

Quatre mois après qu'elle m'a eu raccroché au nez, j'ai rappelé Pauline, ma catégorique, mon inflexible sœur Pauline dont c'est aujourd'hui le soixantième anniversaire, en perspective de quoi elle est je présume occupée à farcir aubergines, dépecer poivrons et confectionner tapenades, chez qui le téléphone ne cesse probablement de sonner, les fleurs d'être livrées, flanquées dans des vases qu'elle videra le dernier invité parti. L'une des particularités de ma sœur Pauline est de ne tolérer ni couleur ni végétal dans son appartement intégralement constitué de béton et de métal, j'entends toutes sortes de commentaires au sujet de ce bloc de béton et de métal unanimement qualifié de performance architecturale, partout cité en exemple, où ne figure pas un centimètre carré de textile, pas un coussin, pas une ligne courbe, où l'on est prié de s'asseoir sur de coriaces galettes répandues le long de banquettes cimentées, où tirer les rideaux consiste à

appuyer sur un bouton pour voir dégringoler un mor-
ceau de tôle du plafond, et cependant jamais rien n'est
dit de son inconfort, or c'est indiscutablement l'appartement le plus inconfortable qui soit, béton et ferraille
partout, le plus brutal à l'œil et au corps, et pour moi
chaque fois une épreuve d'y mettre les pieds. Malgré
la perspective certes improbable de m'y trouver convié
le soir même pour sa fête d'anniversaire – chaque
année le même branle-bas, la même bousculade –, j'ai
pris cette courageuse décision d'appeler Pauline, et du
même coup le risque de la déranger dans ses mari-
nades, quatre mois très exactement après qu'elle m'a
téléphoniquement signifié notre rupture, elle depuis les
hauteurs de son appartement stalinien, moi dans cette
cabine d'un sous-sol de café où, quand elle a eu raccroché, j'ai échoué dans les toilettes et me suis perdu
dans la contemplation des graffitis.

Pauline a dit allô et j'ai marqué un temps d'arrêt,
réalisant que cet allô, lent, circonspect, presque atone,
ne contenait rien de ce à quoi je m'étais attendu, impa-
tience, effervescence, contrariété. Ce n'était pas son
rêche allô habituel, ce n'était pas non plus un allô
suggérant qu'elle avait décroché avec de la farine
jusqu'aux coudes, ni, d'aucune façon, un allô imprégné
de l'espoir que je pourrais me trouver au bout du fil,
la délivrant enfin de quatre mois de remords et de nuits
blanches. Aussi bien est-elle souffrante, ai-je pensé,

constatant que mon nez, qui m'avait ces derniers
temps laissé en paix, se remettait à saigner. Quatre
mois ne m'avaient pas suffi pour oublier qu'un allô de
ma sœur Pauline contient invariablement cette manière
d'attaque, de projection spéculative impliquant qu'un
téléphone ne sonne, ne peut et ne doit sonner, que dans
la perspective d'un échange susceptible d'apporter sa
pierre à l'édifice universel, a fortiori s'il sonne chez
Pauline, personne notoirement qualifiée pour contri-
buer à la bonne marche du monde. N'ayant personnellement pas la moindre pierre en réserve, sinon celle
que j'envisage certains jours de m'attacher au cou
avant de prendre mon élan d'un pont, ni par conséquent
la plus petite idée d'un monde en bonne marche, j'ai
conscience, chaque fois que j'appelle Pauline, du
mélange d'appréhension, d'agacement et d'autoexhor-
tation à la mansuétude dont est modulé son allô, je
n'ignore pas qu'il pronostique, à juste titre, que je
n'aurai probablement rien à lui dire, rien de neuf, mais
que la conversation ne s'en éternisera pas moins, au
cours de laquelle il m'est loisible de l'imaginer arpenter violemment son béton, puis se camper dans une
complète exaspération devant l'un de ces hublots par
lesquels elle s'est ménagé la vue la plus âpre et à mon
sens la plus affligeante possible, pour finir par s'effon-
drer, à court d'encouragements, sur la paillasse qui lui
tient lieu de canapé. Je suis la plaie de ma sœur Pauline,
sa croix, sa faillite, le grain de sable qui vient enrayer

la remarquable machine à vivre qu'est ma sœur depuis la première seconde où elle a ouvert l'œil sur l'univers pour instantanément se l'approprier, l'éternel affligé, inapte à émerger de la consternation qui, en ce qui me concerne, s'est emparée de moi à la première seconde où j'ai ouvert l'œil non pas sur l'univers, mais sur la physionomie de ma sœur Pauline, neuf ans d'existence à l'époque et figure résolument conquérante en dépit de sa prodigieuse disgrâce, courtes nattes en épi, lunettes de strabique, inquiétant sourire bardé de ferraille comme l'est aujourd'hui son effroyable mais néanmoins louangé blockhaus dans lequel je n'ai pas mis les pieds depuis quatre mois, d'où elle vient de prononcer cet allô hermétique, s'agace déjà du silence, ne va pas tarder à raccrocher, pourtant aucun son ne sort de ma bouche sur laquelle je sens maintenant la fine coulée de sang tiède qui vient de jaillir de ma narine droite. Il me suffirait de dire c'est moi, ainsi que je l'ai si souvent fait par le passé, c'est moi, devrais-je maintenant dire, et je n'aurais plus qu'à laisser les rênes à Pauline, comme je l'ai toujours fait, comme elle m'a toujours mis en position de le faire avec la somme de ses compétences et convictions qui à mon endroit ont constamment échoué, inexplicablement échoué à l'en croire, depuis ma naissance jusqu'à ce jour où elle m'a raccroché au nez. Mais le temps que mes cordes vocales se mobilisent, voilà que celles de Pauline me prennent de court et que j'entends : c'est vous,

Antoine ? Or je ne suis pas Antoine. Je ne suis pas
Antoine, je connais des gens pour l'attester, mais
jusqu'à quel point, me dis-je en enfilant un coin de
mouchoir dans ma narine, ne pourrais-je pas être
Antoine, quelle différence pour moi ? C'est vous,
Antoine ? vient de demander ma sœur et à l'inflexion
quasi fébrile de sa voix, j'entrevois qu'il lui serait
infiniment agréable, secourable même, que je sois
Antoine, que l'Antoine qui le jour de son anniversaire
téléphonerait à ma sœur, interrompant ses préparatifs
et ne daignant pas prononcer un mot après qu'elle a
décroché, pourrait bien, si ça se trouve, tenir ma sœur
dans le creux de sa main, la tenir tout entière à sa
merci, la faire trembler sur ses bases, ramper sur son
béton. Or aucun homme n'a à ma connaissance accompli ni même tenté cet exploit, quelques femmes oui, je
me souviens notamment de cette Chilienne, Chilienne
ou Péruvienne, de ses interminables ongles laqués de
noir, de son corps trapu, de sa maison sur cette île et
de cette pelouse surtout, d'un vert cru offensant, parfaitement déplacé dans ce paysage de rocaille. C'est
sur cette pelouse moelleuse dont le système d'irrigation
avait été, à ce que j'ai compris, conçu par un ingénieur
de la Nasa que j'ai un matin ramassé ma sœur Pauline,
ces deux-là s'y étaient entretuées au clair de lune, à
considérer le visage défiguré de ma sœur, boursouflé
de rage, les ongles de la Chilienne, ou Péruvienne,
avaient eu l'avantage, nettement, mais de celle-là, après

que le bateau nous eut tous deux ramenés sur le conti-
nent sans même que nous repassions par la maison
dans laquelle nos affaires sont restées, il n'a plus été
question. Antoine, donc. Tout à coup me vient le
souvenir de l'Antoine que nous avons connu dans
notre enfance et que ma sœur n'a pu oublier bien
qu'elle prétende constamment avoir gommé de sa
mémoire jusqu'au plus petit fragment de cette enfance,
l'Antoine aux trois quarts demeuré, la créature ma-
lingre et ricanante qui surgissait à toute heure dans la
cour de notre ferme et que nos parents chassaient à
coups de torchon, notre mère dans des criailleries que
nos poules n'auraient pas eu à lui envier, mais qui sans
cesse revenait les narguer, jusqu'à ce jour où, sur le
conseil de ma sœur, ils changèrent de tactique, l'ama-
douèrent d'un verre de lait qu'il eut tout juste le temps
d'avaler avant que la camionnette des gendarmes ne
vienne le cueillir et de lui non plus il n'a plus été
question. Je dois faire un effort pour passer de cet
Antoine – que je revois se débattre entre deux gendarmes en hurlant le nom de Pauline – à l'Antoine
auquel s'adresse aujourd'hui ma sœur sur ce ton de
supplique, et qui ne peut être qu'un homme d'exception, nanti de tous les attributs d'un homme d'exception, un aventurier au dernier degré, une de ces têtes
brûlées qu'exciterait le danger qu'il y a pour tout
homme à se mesurer à ma sœur, à engager cette partie
de bras de fer en quoi consiste toute intrigue avec elle,

au risque de se trouver pris dans ses filets, réduit à rien, balayé par son mépris et son considérable rire. Le rire de ma sœur Pauline est en effet aussi redoutable que l'est sa disgrâce physique, c'est toute l'intelligence de ma sœur d'avoir élaboré ce rire énorme qui déferle d'un bout à l'autre de son appartement comme il déferlait autrefois dans la cour de notre ferme, paralysant nos bêtes et nos parents, mais nullement, à voir son air extatique, l'Antoine d'alors. C'est aussi toute l'intelligence de ma sœur Pauline, et je m'en fais la réflexion pour la première fois, d'avoir conçu cette architecture de béton et de métal capable de rivaliser avec sa laideur, laideur dont soit dit en passant elle n'a jamais paru se soucier, et par là même de lui offrir un consistant contrepoint. De cet appartement qui a tout d'un coffre-fort, elle ne sort pratiquement plus aujourd'hui, sans pour autant cesser d'exercer son influence dans les sphères les plus éminentes et à mes yeux les plus obscures. À ceux qui y ont leurs entrées, aux considérables personnages qui y obtiennent audience ne peut échapper tout ce que la laideur de ma sœur, inscrite dans ce décor de ciment et de ferraille, contient d'admirable, la saisissante séduction que dégage, cadrée par le béton, cette laideur qui, au même titre que la beauté, comme l'inversion exacte de la beauté, pétrifie et fascine. Combien de fois, après avoir monté les quatorze étages qui mènent à cet appartement, les avoir montés à pied par incapacité à emprunter un ascenseur et tout particulièrement celui-ci, qui tient davantage du monte-charge que de l'ascenseur, me suis-je retrouvé à récupérer mon souffle devant un aréopage de notabilités venues prendre instruction et leur ai-je envié ces physionomies de serpents ensorcelés par un air de flûte. Tous ces airs que m'a joués ma sœur Pauline avant de me raccrocher au nez, toutes ces tentatives pour me faire ne serait-ce qu'envisager l'idée d'être en vie, tous ces endroits de la planète où elle m'a traîné, dont elle m'a à chaque instant énuméré les attraits, attraits dont par ailleurs elle-même se contrefiche, rien. Rien dont j'aie tiré le moindre secours. Cafard à Séville, cafard et gastro-entérite à Venise, etc. Longtemps je n'ai survécu que couché sur le paillasson de ma sœur Pauline – mentalement couché, entendons-nous, j'ai moi aussi une sorte de domicile –, sur le seuil de son abominable appartement dans lequel je ne pénètre qu'à reculons, où à peine ai-je posé le pied que je me mets à pisser le sang par le nez et qui ce soir sera comble, un cauchemar pour moi que cet anniversaire auquel j'arrive chaque fois, anticipant un saignement, avec une bonne heure d'avance pour attendre, assis tête renversée avec mon cadeau dans un angle de la banquette bétonnée, que ma sœur enfile l'éternelle robe beige vaguement irisée dans laquelle elle célèbre chacun de ses anniversaires et qui chaque année lui va un peu plus mal, qu'elle plante au hasard une ou deux épingles dans une coiffure à rouleaux dont on dirait qu'elle a dormi des-

sus, et apparaisse, ainsi attifée, c'est le seul mot qui
me vienne alors à l'esprit, s'assurant que j'ai bien ma
provision de mouchoirs, ouvrant distraitement mon
cadeau qu'elle néglige la plupart du temps de déballer
entièrement. À cet anniversaire où je ne fais que raser
les murs, faire des longueurs de mur d'un bout à l'autre
de la pièce encombrée d'invités, je passerais tout à fait
inaperçu si le flash de l'appareil photo que m'a fourni
ma sœur afin de me donner contenance, et dont je
persiste à ignorer le maniement, ne se déclenchait pas
intempestivement, attirant l'attention de gens dont je
viens sans doute d'immortaliser soit les chevilles, soit
un ourlet de pantalon. Oh mais n'êtes-vous pas le frère
de Pauline, dois-je alors entendre, mais si, vous devez
l'être, nous voyons parfaitement que c'est vous, vous
ne pouvez être que le frère de Pauline, l'artiste, le
poète, je hoche la tête, pleinement conscient de la grotesque oscillation de mon buste, de la fixité hallucinée
de mon regard, de la consternante vision que j'offre à
ces gens dont j'attends qu'ils se détournent afin de
reprendre ma déambulation d'automate, et malgré tout
pas un seul des terrifiants anniversaires de ma sœur
que j'aie jusqu'à présent manqué. Ce soir sera le
premier, à moins que je ne me fasse reconnaître de
Pauline, que je parvienne à dire c'est moi, qu'éventuellement j'ajoute moi, ton frère, dissipant le malen-
tendu mais cette fois encore je n'en ai pas le temps car
ma sœur se met alors à crier dans l'appareil. Antoine,

je n'en peux plus, je ferai tout ce que vous voudrez, vient-elle de hurler, et voilà que mon impression se confirme, mon invincible sœur à plat ventre devant ce mystérieux Antoine. Et soudain cette pensée que je pourrais bien être cet Antoine que ma sœur, qui n'a fait que ruiner ma vie avec son prétendu entendement et son prétendu discernement en toute chose, réclame maintenant au mépris de toute dignité. Qu'a-t-elle fait d'autre en effet que ruiner ma vie du haut de sa condescendance et de sa constante domination. Notre mère a disparu l'année où elle a tout à coup cessé de la supporter. À quinze ans, elle a su convaincre notre père que notre mère devait d'une façon ou d'une autre disparaître, personne n'a jamais revu notre mère. Puis ç'a été le tour des bêtes, à l'exception des poules car ma sœur raffolait des œufs dont elle ne supporte plus la vue aujourd'hui. Après quoi, il me faut admettre avoir remplacé mon père auprès de ma sœur, ma sœur a troqué mon père contre moi dès qu'elle en a eu assez de lui, elle a tiré de moi tout ce qu'elle désirait en tirer, corps et âme, enfin c'est de la ferme qu'elle a eu assez. Un matin, elle a fait irruption dans la cour de récréation, et sans un mot m'a traîné hors de l'école jusqu'à l'arrêt d'autocar où j'ai été pris d'un terrible saignement de nez, après quoi nous sommes montés dans une série de trains, suivant une trajectoire apparemment incohérente. Un temps ma sœur a pu paraître errer, nous faisant passer d'une minable chambre en ville à

une autre minable chambre en ville, puis d'un pays à
un autre mais c'eût été mal la connaître que d'imaginer
un retour à la ferme, la ferme n'existait déjà plus dans
son esprit. Dans chacun de ces pays dont elle a appris
la langue en un temps record, des portes ont fini par
s'ouvrir, que je l'ai vue forcer armée de sa fascinante
laideur et de son intelligence hors du commun, et pour
finir, triomphalement établie dans cet appartement du
quatorzième et dernier étage depuis lequel elle régente
un monde dont elle a, croit-elle, tout obtenu et passe
le reste du temps à cuisiner – je ne saurais nier ses
talents de cuisinière. Pas une minute de mon existence
où ma sœur ne m'ait infligé la virtuosité perfide dont
elle fait preuve en toute circonstance, pas une de ses
brillantes escroqueries qui n'ait forcé mon admiration,
malgré la conscience trouble que tout ce qui sort du
très supérieur cerveau de ma sœur Pauline sort d'un
cerveau malade. Qu'elle ne se soit pas débarrassée de
moi comme elle s'est toujours débarrassée de tout reste
incompréhensible. Qu'elle m'ait continuellement traîné dans son sillage, ait exigé partout ma présence, sous
prétexte de veiller sur moi, de me garder, selon son
expression, de mes démons, qu'elle ait laissé vie à cet
unique témoin de son passé, je ne puis l'expliquer. À
subir dès mon premier jour sur cette terre le spectacle
de sa hideuse figure perpétuellement penchée sur moi
et le déferlement de son rire meurtrier qui a toujours
eu pour effet de déclencher une crise de saignements,

je suis devenu l'être le plus lâche, le plus asservi qui
soit, un être qu'en réalité ma sœur n'a fait qu'anéantir.
Je ne me suis jamais défait de ma sœur. Je n'ai jamais
pu considérer l'existence autrement que distordue par
sa figure et par son rire exécrables. J'ai été imbibé,
littéralement imbibé de cette figure et de ce rire, si bien
que je n'ai jamais senti aucun plaisir à vivre, je n'ai
fait que survivre, mais là n'est pas le pire. Le pire est
que je n'ai dû ma survie qu'à ma sœur Pauline. Les
quatre mois que je viens de passer privé de sa figure
et de son rire, privé de mes entrées dans son détestable
appartement ont été les plus catastrophiques de mon
histoire. Pas un moment où je n'aie été sur le point de
monter cogner à sa porte pour me jeter sur sa banquette. Qu'importe ce qui m'est advenu il y a quatre
mois, cet embryon de projet dont j'avais alors pensé
qu'il pourrait me sauver de tout, elle n'a fait que le
balayer de son redoutable rire. À chacun de mes argu-
ments, elle a opposé ce rire par lequel elle me rend
depuis toujours toute chose impossible et, avec toute
la brutalité dont elle est capable, elle a raccroché. Je
me suis ce matin décidé à rappeler ma sœur pour lui
faire, le jour de ses soixante ans, le cadeau de mon
abdication. Ce matin, rien ne m'a paru plus enviable
que de grimper les quatorze étages de son immeuble
pour réintégrer le bloc de béton et de ferraille dont je
tire malgré tout l'essentiel de mes forces. J'ai appelé
ma sœur dans l'intention de lui dire que je n'en peux

plus, et je suis tombé sur ma sœur qui n'en peut plus, qui hurle à cet homme qu'elle n'en peut plus et capitule, j'ai découvert qu'un homme existe quelque part qui a accompli ce tour de force, anéantir ma sœur Pauline et me sauver d'elle, je me suis entendu dire à ma sœur tout ce que je m'étais promis de lui dire en m'éveillant ce matin, combien intolérables ont été ces quatre derniers mois et illusoire l'espoir que je pourrais vivre sans elle, ma bien-aimée, secourable et remarquable sœur, combien me semblait inconcevable de n'être pas présent ce soir à son soixantième anniversaire et je me suis entendu ajouter, j'étais très calme, que c'en est fini pour elle de me sucer le sang, qu'elle n'escompte pas me revoir, jamais, ni dans son ignoble bétonnière ni ailleurs, qu'elle peut bien maintenant se jeter de son quatorzième étage, n'attende pas que j'aie raccroché pour avoir l'obligeance de se précipiter dans le vide depuis son quatorzième étage afin, lui ai-je dit, que je puisse capter le bienfaisant écho de sa chute et savoir l'humanité enfin délivrée de son accablante disgrâce. Mais qui êtes-vous ? ai-je alors entendu, là-bas, à l'autre bout du fil. Quel numéro demandez-vous ?

Danton

Après avoir aussi longtemps que possible décliné l'invitation de mon ami Danton avec lequel je parle au téléphone chaque dimanche, j'ai finalement envisagé, à la mi-décembre et alors que je n'étais pas dans la meilleure forme, d'effectuer l'interminable périple qui m'amènerait à la maison isolée, adossée à une forêt menaçante, qu'il a, par je ne sais quelle aberration, choisi d'habiter et dans laquelle se trouverait en principe Julia, avec qui j'ai, contrairement à Danton, perdu tout contact depuis des années. Malgré le malaise latent dont j'ai senti les prémices dès l'aéroport, peut-être même dès le taxi, mais qui ne s'est en définitive pas déclaré dans sa phase aiguë, mon voyage en avion s'est correctement déroulé, ainsi que les trois heures de train qui ont suivi. L'autocar m'a déposé pratiquement devant la barrière qui marque l'entrée de la propriété. Ma valise à la main, j'ai remonté, ainsi que je l'avais fait deux ans plus tôt, le mince chemin de terre se

faufilant confusément au travers d'un champ couvert
de givre, j'ai constaté cette fois-ci comme la précé-
dente, et bien que le jour tombât, l'enfouissant dans
l'ombre de la forêt, à quel point, considérée de l'extérieur, la maison de Danton – un bloc de béton blanc –
est une offense à la vue, dont on peut dès le seuil
mesurer la remarquable absence de confort.

Danton ne m'attendait que le lendemain, mais il a
semblé sincèrement heureux de me voir, et sa barbe
avait poussé dans d'inquiétantes proportions, qu'il
s'apprêtait, m'a-t-il aussitôt déclaré, à sévèrement tail-
ler en perspective de l'arrivée imminente de Julia. J'ai
pris place, ou plutôt me suis effondré dans l'unique
canapé, songeant à quelque hôtel auquel il ne fallait
manifestement plus songer. Regarde-moi ce feu, a dit
Danton, est-ce qu'il n'est pas magnifique ? Et ensuite,
comme quelqu'un qui réfléchit : je présume que tu vas
vouloir dîner ? Considérant la rougeoyante cavité carrée, aux contours cimentés, supposée chauffer la totalité de la maison puis le désordre en quoi se trouvait,
sous la poussière, chaque chose, je me suis une fois
de plus interrogé sur les raisons pour lesquelles il me
faut vivre, à intervalles aussi réguliers, des situations
aussi excessives, moi qui n'aspire qu'à l'absence de
situations, j'ai pensé à Julia, mais Julia ne veut rien
qui ne soit excessif, Julia est l'excès comme je suis la
circonspection et Danton la frugalité, qui était en train

d'extraire de son réfrigérateur ce qui ressemblait fort à deux tranches de jambon. J'ai donc imaginé l'entrée qu'allait faire Julia – quand, d'ailleurs ? – dans cette maison qu'elle ne connaît pas encore, la consternation qu'elle ne songera pas à dissimuler, tout ce voyage pour arriver *là*, dira-t-elle, c'est à peine croyable, et elle éclatera probablement de rire. Julia a été ma femme pendant trois ans, et sur ces trois ans elle en a consacré deux à rêver de Danton. Je veux dire rêver, presque chaque nuit, de mariage avec Danton, de sexe avec Danton, de scènes conjugales, de pique-niques et d'accidents de voiture avec Danton, rêves qui se concluaient invariablement par mon apparition magnanime et la petite tape sur l'épaule que je donnais à Danton, à titre d'encouragement, s'indignait Julia comme si j'étais l'auteur desdits rêves.

Des circonstances qui nous ont autrefois conduits, Julia et moi, à faire la connaissance de Danton, je ne me rappelle plus les détails sinon qu'il nous a été présenté comme un éminent mathématicien – aucun doute, eu égard aux propos qu'il a tenus ce jour-là, que nous avions affaire à un spécialiste de l'abstraction. Ce devait être l'hiver, car il portait cette énorme parka à col de fourrure dans laquelle je l'ai toujours vu et qui de fait était encore là, suspendue à une patère. En regardant Danton activer son feu, je me suis fait la réflexion que je ne lui connaissais de vêtements qu'hivernaux et pour ainsi dire d'activités qu'hivernales, je ne me le représente, ai-je songé, pas autrement qu'en hiver, de surcroît dans les conditions les plus hivernales qui soient, en aucun cas dans un cadre estival, ni même de demi-saison alors que je ne peux imaginer Julia autrement que dans la lumière de l'été. Cette inconcevable existence de bûcheron que mène désormais Danton, me suis-je dit en observant ses muscles, l'allégresse tranquille avec laquelle il empoigne les bûches, puis le tisonnier, remue le tout, frotte ses mains l'une contre l'autre et me considère, souriant, du haut de son écrasante santé. Malgré son génie mathématique qui s'est dès l'enfance imposé à lui, comme une donnée quasi organique, pour le propulser sur les plus prestigieuses estrades, Danton s'est, avec les mathématiques et son absence de vocation pour les mathématiques, ennuyé au-delà de tout. Selon ses dires, il ne doit qu'à son exceptionnelle constitution physique, très éloignée, il faut l'admettre, d'une constitution courante de mathématicien, d'avoir été sauvé des mathématiques auxquelles il a brutalement renoncé pour se confronter aux éléments naturels, montagnes et forêts, dans ce qu'elles lui présentaient de plus hostile. L'homme doit être son propre territoire, a-t-il un beau jour déclaré, il lui appartient de se délivrer de tout ce qui s'interpose entre lui et ses actes. Et en trois coups de crayon résolus, il a dessiné ce cube sommaire qui lui tient lieu de maison. Le choix de la région, marécageuse quand elle n'est pas forestière, humide à longueur d'année, sangliers à tous coins de bois, reste une énigme. Je ne suis au fond pas certain, me suis-je dit, toujours affalé dans le canapé, d'aimer Danton, certain en tout cas de ne pas le comprendre, de n'avoir jamais compris que Julia se soit à ce point entichée de cet homme avec qui je parle au téléphone chaque dimanche depuis maintenant cinq ans que je n'ai pas revu Julia, et que je m'entête à considérer comme un ami, bien que je n'aie que très modérément le besoin d'un ami, en tout cas d'un ami comme lui, l'exemple même du renoncement actif comme je suis l'exemple même du renoncement passif, naïf au point de m'inviter avec cette fastidieuse insistance pour m'infliger son jardin et sa forêt, leurs épouvantables vertus, s'imaginant sans doute m'être d'un quelconque secours, me tirer de mon isolement, me revigorer, que sais-je. Rompre une bonne fois pour toutes avec Danton, ai-je pensé. M'abandonner une bonne fois pour toutes à l'absence d'amitié dont jusqu'à présent je m'accommode à la condition que Danton n'ait de cesse de m'inviter, et que chaque dimanche nous ayons ces conversations téléphoniques où il n'est jamais question de Julia et pourtant entièrement question de Julia, conversations qui, du fait sans doute qu'elles ont lieu le dimanche, laissent à désirer, peut-être aurions-nous avantage à les déplacer à un autre jour de la semaine.

Au jeudi, par exemple, quand rien n'est encore tout à fait joué.

Nous nous sommes mis à table et après quelques verres d'un vin étonnamment buvable, Danton m'a appris qu'il venait d'agrandir sa maison d'une trentaine de mètres carrés. Cette construction, une annexe indépendante accolée à la face nord, lui avait été suggérée ou plutôt commandée par Julia qui, soudain fatiguée des villes et des incessants déplacements à quoi l'entraîne sa carrière de pianiste, comptait l'utiliser comme pied-à-terre. C'est une plaisanterie, ai-je dit. Je n'en ai pas l'impression, a répondu Danton. Elle affirme qu'un peu d'air pur lui fera maintenant le plus grand bien. À toi aussi d'ailleurs. Je t'ai connu meilleure mine. J'ai précisé à Danton que j'avais fait toute cette route par pure amitié, c'est-à-dire que j'étais venu en totale connaissance de cause, sans nourrir la moindre illusion et en m'attendant au pire. À la pire des campagnes et à la pire des nourritures, à la pire des literies et par conséquent aux pires insomnies. Non seulement j'avais rempli ma valise et effectué ce trajet démesuré en me préparant au pire, mais, ai-je représenté à Danton, j'avais mis à profit chaque rebutante minute de ce voyage pour puiser en moi de quoi lui parvenir dans cet état de stoïque impassibilité très éloigné, qu'il le sache, d'une véritable sérénité mais sans lequel je n'aurais pas été capable d'affronter mon second séjour chez lui. Bien entendu, on ne pouvait en escompter autant de Julia. Il fallait s'attendre, ai-je affirmé, à ce que Julia ne nous laisse rien ignorer du choc qu'elle éprouverait en franchissant le seuil de cette pièce où l'on aurait pu croire que le moindre objet dont Danton avait eu l'usage depuis ma dernière visite était resté là où il l'avait posé. Danton a parcouru la pièce du regard, plissant les yeux comme s'il s'efforçait d'y voir ce que j'y voyais, un indescriptible capharnaüm. Je comptais plus ou moins mettre un peu d'ordre avant ton arrivée, a-t-il dit. Mais attends d'avoir vu le jardin. Et la forêt.

Nous sommes allés nous coucher, équipés chacun d'une bouillotte. Une fois allongé, la perspective de revoir Julia m'est tout à coup apparue plus menaçante qu'au moment où j'avais accepté l'invitation de Danton. Au téléphone, Danton m'avait tout d'abord annoncé la venue de Julia avec d'interminables précautions oratoires pour finalement me laisser entendre que je n'avais pas le choix, déclarant avec une inhabituelle fermeté que Julia, quelles qu'en fussent les raisons, avait besoin de nous, du réconfort de notre présence à tous les deux. Après tout, avait-il ajouté, elle était encore ma femme, et si je l'avais laissée partir cinq ans plus tôt sans faire un geste, je pouvais aussi bien la laisser revenir, au moins pour quelques jours, elle savait à quoi s'en tenir à mon sujet, je n'aurais qu'à me contenter d'être moi. Moi qui ? avais-je ironisé, mais Danton pour cette fois n'était pas d'humeur. Au cas où tu penserais qu'il s'agit d'un caprice, sache qu'elle a annulé tous ses engagements, avait-il précisé, se gardant bien de mentionner la construction du pied-à-terre, cette absurdité, songeai-je en déplaçant la bouillotte tout à fait insuffisante à me réchauffer. Ce pied-à-terre, lui, ne pouvait être qu'un caprice de Julia, l'une de ces excentricités dont régulièrement la presse se fait l'écho, et j'avoue qu'il m'est arrivé de sourire malgré moi à certaines déclarations ou provocations de Julia rapportées par les journaux. Bien que par égard pour la musique j'en aie tout à fait terminé avec la musique, ce qui inévitablement demeure en moi de musicien ne peut que reconnaître l'excellence du travail musical de Julia, comme ce qui demeure en moi d'indifférence et me prive de la moindre conviction, de la moindre possibilité d'attachement à quoi que ce soit ou à qui que ce soit, ne peut que se réjouir de la magistrale désinvolture dont Julia fait apparemment preuve dès l'instant où elle n'est plus au piano. Que vous m'attendiez ensemble tous les deux, aurait dit Julia à Danton, que vous m'attendiez chez toi à la campagne me rendra le voyage moins difficile. Voyager n'a jamais posé la moindre difficulté à Julia, avais-je rétorqué, c'est pour moi qu'il s'agit d'un cauchemar. Réfléchis, avait dit Danton au téléphone, comme si je m'apprêtais à laisser passer une chance de me racheter auprès de Julia avec laquelle je n'ai pas le souvenir d'avoir rompu mais sans laquelle j'ai néanmoins vécu ces cinq dernières années, guettant longtemps le bruit de sa clé dans la serrure ou la lettre qui m'apprendrait qu'elle et Danton se livraient désormais à cet érotisme entrecoupé de pique-niques et autres divertissements dont elle avait incongrûment rêvé presque chaque nuit dans notre lit. Mais cette lettre n'était jamais arrivée, n'avait sans doute jamais été écrite et nous avions vécu chacun de notre côté, Julia pour la musique, Danton comme le plus épanoui des bûcherons et moi, retiré dans mon appartement d'un centre-ville. Je n'ai jamais su si Danton savait pour les rêves de Julia, s'il savait pour ce tout dernier rêve dont elle n'a rien voulu me dire mais à la suite duquel elle est partie un matin, pâle comme la mort, accomplir la fulgurante carrière de pianiste à laquelle, du jour où j'ai entendu Julia au piano, j'ai moi-même renoncé, aussi destructif qu'elle était constructive, talentueux quand elle était virtuose, soulagé d'entendre la porte se refermer sur elle, libre enfin de liquider mon Stein-way. Attendre Julia, me suis-je dit en éteignant ma lampe, l'attendre dans cette région atterrante, et l'attendant, endurer la sérénité monacale de Danton, les expéditions forestières où il ne manquera pas de m'entraîner, et cette barbe qui l'enveloppe maintenant,

le pompon que cette barbe, me suis-je dit, et j'ai fermé
les yeux et commencé d'attendre le sommeil.

La sonnerie du téléphone m'a réveillé. J'ai constaté
qu'il était près de onze heures et que contrairement à
mes prévisions j'avais dormi d'une traite. Dans le salon
m'attendait un thermos de café tiède et un mot de
Danton indiquant qu'il serait de retour à midi, que je
veuille bien m'occuper du feu. À nouveau, le téléphone
a sonné. J'ai entendu la voix de Danton sur le répon-
deur, puis celle de Julia, elle serait là d'un jour à
l'autre, deux ou trois choses encore à régler, il neigeait
à Naples, est-ce que j'étais arrivé, elle l'espérait. J'ai
écouté le message plusieurs fois, remis deux bûches
dans la cheminée, n'obtenant qu'une médiocre flam-
bée, puis je suis sorti, aussitôt pris dans le brouillard
glacé qui semblait craché sans relâche par la forêt et
anéantissait le paysage. À peine si l'on distinguait,
au-delà de la barrière, la route qui conduit au plus
proche hameau – deux kilomètres auxquels j'ai
renoncé, au bord de la suffocation. J'ai néanmoins fait
le tour de la maison pour constater qu'en effet se dres-
sait, à l'aplomb d'une sorte de ravin au fond duquel
des arbres trouvent encore le moyen de pousser, la
dépendance prétendument requise par Julia, réplique
miniature de la maison de Danton, avec une avancée
vitrée sur le vide. J'ai poussé la porte en métal noir
dont la lourdeur m'a surpris et qui s'est lentement

cule qui en ce début de soirée ne pouvait que nous
amener Julia. Mais au lieu de se rapprocher, le bruit a
tout à coup cessé. Nous sommes sortis de la maison,
sans plus rien entendre que le sifflement du vent, ni
rien distinguer que la masse lugubre des arbres. Il était
facile d'imaginer Julia hésitant, en lisière de forêt, à la
croisée des trois routes dont deux mènent à un cul-de-
sac forestier et la troisième au cul-de-sac forestier
habité par Danton. Hésitant, je pouvais la comprendre,
à s'engager puis s'enfoncer dans la forêt. Hésitant tout
simplement à faire demi-tour et regagner la civilisation,
ai-je dit à Danton, mais j'aimerais autant qu'elle me
prenne au passage. Et alors que nous étions sur le point
de rentrer dans la maison, le moteur a redémarré, tout
proche en réalité, un gros moteur, ai-je pensé, probablement un diesel, et du coin du bois que nous scrutions
maintenant a surgi, tous phares allumés, un camion qui
dans un monstrueux coup de klaxon a franchi la barrière pour remonter le champ comme s'il allait défon-
cer la forêt, opérant à la dernière seconde un stupéfiant
braquage de roues dans notre direction pour continuer
sur sa lancée, avec l'apparent objectif de s'attaquer
maintenant à la maison, puis stopper net devant la porte
dont je m'étais vivement écarté alors que Danton
n'avait pas fait un mouvement ni cessé, tel un domp-
teur, de fixer l'engin d'un regard hypnotique. Pendant
quelques secondes, personne n'a bougé. Il est dingue,
ai-je dit. Ils sont deux, a répliqué Danton dont la barbe,

refermée derrière moi avec une résonance sini
Incrédule, j'ai parcouru du regard le sol de béton
tablettes d'ardoise le long des murs nus, troués
câbles électriques, la cheminée cimentée, encadrée
bûches, alors qu'en penses-tu, a demandé Dan
depuis le seuil. J'ai haussé les épaules. Tout a été
comme elle l'a souhaité, a-t-il précisé. Au plus simp
Je vois ça, ai-je dit. Et comment compte-t-elle prépar
ses repas ? Se laver ? Dormir ? Sur quoi va-t-elle do
mir ? Dormir ? a dit Danton. Par exemple, ai-je d
Je n'ai fait que suivre ses instructions, a répond
Danton. En ce qui concerne l'ameublement, elle a d
que c'était un détail, qu'on aviserait. J'ai néanmoin
pris la liberté d'une arrivée d'eau, de sorte qu'un
baignoire, j'ai pensé qu'on pourrait toujours ajout
une baignoire. Et tu as ici, dans le fond, un pan de m
qui pivote et communique avec mon salon. Pourqu
pas une porte, ai-je demandé. Une porte norma
Aucune idée, a dit Danton. Les plans ne mentionnai
pas de porte.

Trois jours plus tard et alors que nous étions, re
dans le brouillard, sans nouvelles de Julia, le bruit d
moteur s'est fait entendre, phénomène assez rare ¡
que nous levions le nez, moi de mon journal, Da
de son épluchage de pommes de terre et que ¡
tendions l'oreille afin de suivre la progression du ¡

prise dans le faisceau des phares, semblait crépiter, lui-même donnant l'impression d'avoir bandé tous ses muscles. Les deux portières se sont ouvertes et deux hommes, deux hommes massifs, ont sauté du marche-pied, l'un tenant à la main une bouteille qu'il a flanquée à l'intérieur de la cabine avant de marcher vers moi, deux heures qu'on vous cherche si c'est vous, a-t-il dit, monsieur Danton, et j'ai reculé, plus tout à fait convaincu d'avoir affaire à un homme, ni même à deux hommes, ai-je pensé quand l'autre individu, semblable ombre à paupières d'un violent bleu, semblables pendentifs acérés aux oreilles, nous a rejoints, des jumeaux en tout cas, mais aussi bien des jumelles, des créatures avec lesquelles quoi qu'il en soit nous finirions au tapis, ou pire, ai-je pensé, l'esprit traversé par d'alarmantes images. Je suis Danton, a déclaré Danton avec, je dois dire, une sorte de dignité donquichottesque qui fit légèrement frémir sa barbe, et vous vous trouvez sur mes terres. L'autre l'a considéré en hochant lentement la tête. Un coin bien tranquille, a-t-il dit (à cet instant je penchai pour le il). Oui, bien tranquille, a-t-il répété en nous dévisageant à tour de rôle. Son double, immobile, me fixait d'un air parfaitement inexpressif. Je suis Danton, a répété Danton un ton plus haut, et je vous somme de m'expliquer ce que vous faites ici. Une fille, me suis-je dit alors, vaguement soulagé, aucun homme ne pencherait ainsi la tête de côté. À cet instant, son acolyte a sorti une lampe électrique de la poche de son blouson et l'a braquée sur le flanc du camion. LPM Déménagements Internationaux, ai-je lu. LPM Déménagements Internationaux, a lu Danton à voix haute. Il avait l'air presque déçu. Mais encore ? s'est-il enquis. Mais encore quoi. On vous livre, ça paraît clair. C'est une erreur, a dit Danton. Je n'attends pas la moindre livraison. En conséquence, laissez-moi vous suggérer de remonter dans votre camion et de débarrasser le plancher. Vous refusez la livraison ? Je ne refuse rien, vous ne me livrez pas, un point c'est tout, a dit Danton. Je vous donne trente secondes pour déguerpir. Passé ce délai, considérez que vous avez de gros ennuis. Et il s'est dirigé vers la maison. Parfait, a dit le type, ou la fille. Vous allez expliquer ça à la dame de Naples. Danton a suspendu sa marche et lentement pivoté sur lui-même. Quelle dame de Naples ? a-t-il demandé. Notre cliente. La musicienne. Et d'un mouvement arrière du pouce, il, ou elle, a désigné le camion. Y a son piano là-dedans. Et tout un tas de bricoles. Laissez-moi vous suggérer de lui téléphoner.

Nous avons téléphoné. Mais Julia avait quitté Naples depuis la veille, définitivement, avons-nous cru comprendre. L'Italienne qui nous a répondu n'en savait pas plus, elle n'avait pas eu directement affaire à elle mais à M. Tobner. M. Tobner ? a répété Danton. M. Tobner, oui, a dit la femme. Il s'est occupé de tout. Du démé-

nagement ? s'est enquis Danton. Du déménagement ?
a dit la femme, je ne sais pas, probablement, la maison
est vide, à vendre, je dois la vendre. Vous appelez
peut-être pour l'aquarium. L'aquarium ? a demandé
Danton. Ils ont laissé l'aquarium, ils l'ont oublié, les
poissons s'agitent, c'est un problème, a dit la femme.
On n'arrive pas à joindre M. Tobner. Excusez-moi mais
je dois raccrocher, maintenant.

Tard dans la soirée, Danton et moi avons déballé une
paire de candélabres, un tapis, deux appliques, une
banquette matelassée et un fauteuil, un tableau, un
miroir, un plaid (ou un châle), une console ainsi que
deux statuettes en grès que j'avais offertes à Julia au
cours d'un voyage en Espagne, un couple de vieux
ecclésiastiques en soutane noire, voûtés et revêches,
qui disposés l'un derrière l'autre semblaient s'avancer,
la mine redoutable, vers quelque oraison funèbre. Il
m'a semblé également reconnaître le tapis qui se trouvait dans l'appartement que Julia occupait autrefois
au-dessus du mien et avait continué d'habiter après
notre mariage, un tapis d'un rouge usé, marqué en trois
endroits de l'empreinte des roulettes de son piano sous
lequel nous avions fait l'amour une des premières fois
que nous avions fait l'amour, et recommencé. En le
déroulant avec Danton j'ai pensé à Birgitta, la locataire
qui avait pris la suite de Julia dans l'appartement au-
dessus du mien, à la moquette noire, synthétique, dont

elle avait tapissé la pièce et sur laquelle nous avions également fait l'amour, deux ou peut-être trois fois (Birgitta et moi), à l'endroit même où s'était tenu le piano de Julia. Il y avait un piano ici, avais-je dit à Birgitta en me relevant de son corps, découragé par l'opulente tache laiteuse qu'il formait sur la moquette noire, tout le contraire de Julia. Ah bon, avait mollement répondu Birgitta.

Le tapis de Julia recouvrait maintenant presque tout le sol de l'annexe, les roulettes du piano placées dans leur empreinte, les candélabres posés sur le piano, et Danton, la tête légèrement inclinée, contemplait l'ensemble avec satisfaction. Je vais monter le chauffage, a-t-il annoncé, elle ne va sans doute plus tarder. Assis sur la banquette, je l'ai regardé déplacer la console de quelques inutiles centimètres, déplier et replier le châle, disposer les bougies sur les candélabres avec, me suis-je dit, un zèle de sacristain et de fait on se serait cru dans une sorte d'oratoire. L'acoustique devrait être bonne, qu'en penses-tu ? Certainement, ai-je dit, certainement. Je me demande où je vais bien pouvoir trouver des fleurs, a ajouté Danton. Pourquoi des fleurs, ai-je pensé, agacé d'une telle prévenance, me sentant soudain relégué à l'arrière-plan, dépossédé de Julia. J'ai pressenti tout ce que ces retrouvailles absurdes allaient comporter d'artifice, l'exubérance probable de Julia, sa légère ironie, la mienne, plus appuyée, la vague confusion que j'éprouverais à me trouver devant elle, à peu près comme elle m'a laissé, avec si peu à dire de moi, de l'emploi de mon temps, cette satanée, fatigante lucidité me précédant en tout, mon atrophie sentimentale, ma froideur aimable, tout ce que Julia a quitté et va retrouver intact, ainsi qu'elle en jugera d'un seul et impitoyable coup d'œil, se tournant vers Danton, se jetant dans les bras de Danton, prêts à la recevoir, les effusions auxquelles il me faudra assister. Ce Tobner, qui est-ce, ai-je demandé à Danton. Je n'en ai pas la moindre idée, a-t-il répondu, c'est la première fois que j'entends ce nom. J'ai tout à coup réalisé que Julia allait sans doute profiter de notre rencontre pour me réclamer ce divorce dont nous avons l'un et l'autre négligé de nous occuper, j'ai imaginé la grande enveloppe kraft dont elle extraira rapidement les formulaires, le doigt qu'elle pointera à l'emplacement destiné à héberger ma signature, la plaisanterie malvenue que je ne manquerai pas de faire à l'instant où elle me tendra un stylo, le sourire qu'elle me concédera, celui qu'elle réserve à mon cynisme, et qui me rappellera celui qu'elle a eu le soir même de notre mariage, après m'avoir annoncé son intention de me quitter. Je crois que le mieux que nous ayons à faire maintenant toi et moi, c'est de nous séparer, a-t-elle dit ce soir-là. Je ne sais plus quel inopportun trait d'esprit m'est alors sorti de la bouche, qui m'a valu ce sourire dont le caractère définitif ne m'a pas échappé.

À ma décharge, je ne m'attendais pas à une telle déclaration de la part d'une femme avec laquelle je n'étais légalement marié que depuis deux ou trois heures. La journée avait été éprouvante, et Julia, assise en boule dans le canapé, ne ressemblait plus que de très loin à une récente mariée. Ce mariage nous a tapé sur les nerfs, ai-je ajouté en une tentative de conciliation. Et comme chaque fois qu'elle m'observait de son air perplexe, mais nullement désarmé, j'ai pensé qu'elle avait sa musique. Qu'elle aurait toujours sa musique. Je ne te l'ai peut-être jamais dit, ai-je encore ajouté, mais chacun des mariages auxquels j'ai été convié a tourné à la catastrophe. N'en parlons plus, a dit Julia en s'étirant. La nuit même elle entamait sa série de rêves sur Danton qui, en sa qualité de témoin, avait, au sortir de la mairie, porté à notre union un toast intrépide et confus semblant davantage destiné à Julia, manifestement conquise par sa gaucherie tandis qu'adossé au bar je me contentais de fixer la séquence bigarrée des losanges qui agrémentaient le devant du chandail de Danton, les comptant et les recomptant, plissant les paupières pour tenter d'en atténuer l'antagonisme, d'en désagréger l'outrancier graphisme, l'amour, bafouillait Danton, engoncé dans son peu seyant lainage, les yeux dans les yeux de Julia, élevant toutefois son verre en direction du marié, moi, m'étais-je étonné, avec cette pensée soudaine que Danton eût fait un marié plus que convaincant, Julia maintenant dans ses bras, radieuse comme on dit, tous deux recevant bientôt les congratulations d'usage de la part des clients du bar à qui, dans cette configuration, rien ne laissait soupçonner leur méprise. Julia m'avait peut-être cherché du regard, l'un ou l'autre de ses amis s'était peut-être retourné, scrutant l'endroit du comptoir où j'avais été vu pour la dernière fois, affirmerait-on après que j'aurais quitté les lieux, à reculons, aux premiers picotements de mes doigts et de ma nuque, annonciateurs d'un de ces accès tétaniques auxquels j'étais depuis quelque temps sujet. Une fois dans la rue, évitant de respirer à pleins poumons comme on est tenté de le faire en pareil cas, fuyant la direction de mon appartement où la vue de mon Steinway n'aurait fait qu'aggraver les choses, je m'étais mis à marcher, rapidement, le nez enfoui au creux de mon coude, puis à courir, aux fins de semer l'individu lancé à mes trousses que j'étais, décrivant au gré des rues un tracé zigzagant d'apparence incohérente qui était allé s'accélérant jusqu'à la brusque réapparition, à l'angle d'un immeuble, des losanges bardant le torse de Danton, lequel, nullement essoufflé, se tenait bras écartés face à moi. Julia t'attend chez vous, je te ramène, avait-il posément déclaré. Ce chandail que tu portais à mon mariage, ai-je dit à Danton alors que nous nous apprêtions à quitter l'annexe. Il avait la main sur la poignée de la porte, qu'il a contemplée sans la tourner, comme absorbé dans un effort de mémoire. Un truc à losanges, tu te souviens ? Tu ne portes plus de chandails de ce genre, si ? Ma foi, a dit Danton.

Et Julia arrive. Nous n'avions pas envisagé ça, dis-je à Danton quand l'hélicoptère se pose sur le champ et presque aussitôt décolle. Julia porte un foulard, une fourrure, des escarpins à hauts talons, elle a laissé sa valise derrière elle et vient lentement vers nous, détache lentement son foulard qui s'attarde un instant sur son épaule puis glisse au sol, le grand jeu, je regarde ses jambes, amincies me semble-t-il, ou plus longues que dans mon souvenir, j'entrevois, à chacun de ses pas, ses genoux parfaits, que je ne quitte pas des yeux, incapable d'affronter son visage. Je sens que Danton s'écarte, recule, disparaît à mesure que Julia se rapproche, avançant de plus en plus lentement, ralentissant cette scène déjà très lente, maintenant je vois qu'elle porte quelque chose au creux de ses bras, une sorte de bocal, arrivée à ma hauteur, elle y plonge la main et, ses yeux dans les miens, en saisit de ses doigts aux ongles exagérément longs, impensables pour une pianiste, un poisson qu'elle place entre ses lèvres, aspire, avale. Retour définitif et durable de l'être aimé, dit-elle, tu dois faire la même chose. Je fixe sa bouche, dans laquelle vient de disparaître le poisson. Je n'ai jamais pu te suivre, dis-je à Julia, soudain envahi par une lassitude paralysante. Il y a chez toi trop d'intensité, trop d'intensité dans tout, suis-je sur le point d'ajouter,

mais à cet instant il se met à pleuvoir, une pluie brutale, violente, j'esquisse un geste en direction de la
maison d'où surgit Danton, flanqué d'un parapluie
qu'il semble avoir quelque difficulté à ouvrir, qui finit
par s'ouvrir tandis qu'il accourt, dépêche-toi, supplie
Julia, ne touche pas à cette saloperie de poisson, crie
Danton, n'y touche pas, ce n'est pas la vraie Julia, Julia
ne ressemble plus à ça. Quand je me suis réveillé,
Danton était penché au-dessus de mon lit, l'extrémité
de sa barbe frôlant mon édredon. Julia arrive, a-t-il dit,
je t'ai fait du café. J'ai regardé mon réveil, puis Danton.
Ta barbe, ai-je dit. Tant pis, a dit Danton en se dirigeant
vers la porte. Pas le temps de m'en occuper. Un cauchemar, ai-je dit. Un épouvantable cauchemar.

Un quart d'heure plus tard donc, encore mal réveillé
et scrutant à tout hasard le ciel, j'étais prêt à accueillir
Julia, pour la seconde fois me semblait-il, avec la sen-
sation d'avoir en quelque sorte répété la scène de son
arrivée, concevant toutefois avec soulagement que
son apparition ne saurait raisonnablement être aussi
pénible, aussi extravagante que dans ce rêve dont je
ne parvenais cependant pas à gommer la trace, la silhouette, les jambes et le regard de Julia persistant dans
leur netteté, comme si je venais à peine de la quitter.
De l'avoir vue, si je puis dire, avant qu'elle ne me voie
me conférait une sorte d'ascendant, je n'aurais pas

comme elle à encaisser l'inévitable petit choc du premier contact après une séparation de cinq ans, aucun
ajustement à opérer avec l'image que j'avais conservée
d'elle, j'avais déjà renoué avec ses jambes et ses
genoux, avec la texture de ses cheveux, la couleur de
sa peau et même le timbre de sa voix, elle pouvait
apparaître. Je me suis assis dans le canapé où j'ai
bu mon café, plutôt serein, au contraire de Danton
qui, pris d'une fébrilité tardive, s'efforçait de mettre
un peu d'ordre alentour. Nous n'avons pas entendu la
voiture. Nous n'avons rien entendu. La porte s'est
ouverte et, précédé d'une bourrasque, un petit homme
pâle, aux cheveux brillantinés, divisés par une raie
médiane, est entré, qui m'a aussitôt fait l'effet d'un
habitué des maisons de jeux, ou des tables de poker,
de ceux qu'on remarque à peine avant qu'ils ne raflent
la mise, un insomniaque de naissance, ai-je pensé,
peut-être armé, costume soyeux, coûteux, un homme
de loi, un collectionneur de porcelaine, un financier
zurichois, des mains d'une exceptionnelle finesse, qui
tenaient une mallette de cuir. Tobner, me suis-je dit
avant qu'il ne se présente. L'homme qui s'est occupé
de tout. Émile Tobner, a dit le petit homme après s'être
avancé de quelques pas, sans un regard pour le cadre,
comme s'il avait su à quoi s'attendre, avait d'instinct
pris la mesure de la situation, rien, à vrai dire, ne
sachant le surprendre, puis il a pivoté sur lui-même,
s'est absorbé un court moment dans la contemplation

du champ où stationnait, derrière la camionnette de Danton, son véhicule, dont la carrosserie, à l'image de son propriétaire, paraissait lustrée de frais, ne laissant rien soupçonner d'un trajet nécessairement boueux, vraisemblablement nocturne, voilà qu'il neige, a dit Tobner en se retournant. Ses yeux se sont posés sur Danton, puis sur moi, il neige, a-t-il répété. Julia ne viendra jamais, me suis-je dit. D'un imperceptible signe de tête, Tobner a paru confirmer ce qui venait de m'apparaître comme une évidence, puis, avisant la table, vous permettez, y a précautionneusement déposé sa mallette avant de tirer une chaise et de s'asseoir, nous invitant d'un geste à prendre place face à lui.

Un café, a proposé Danton en empoignant la cafetière que Tobner a fixée un instant sans répondre, un café ou autre chose, a insisté Danton, merci, rien, a répondu Tobner en relevant subitement la tête. Vous vous demandez naturellement où est Julia, a-t-il déclaré. Il a posé ses deux mains à plat sur le cuir de la mallette. Je me suis à nouveau étonné de leur délicatesse, subodorant un fréquent recours à la manucure, entrevoyant la dextérité des doigts à l'instant de la signature d'impitoyables contrats, leur prestesse dans l'abattage des cartes, comment va-t-il s'y prendre cette fois, me suis-je demandé, sans bien saisir le sens de ma question, bizarrement partagé entre l'envie de

savoir, mais quoi, et celle de me lever, d'attraper Tobner par le col de sa veste et de les traîner, lui et sa
mallette, jusqu'à la porte. Danton a peut-être senti ma
tension. Cette longue route que vous avez dû faire pour
arriver jusqu'ici, a-t-il dit à Tobner. Conduire ne
me dérange pas, a répondu Tobner, j'aime conduire,
surtout de nuit, la nuit c'est un plaisir. Bien sûr, a
acquiescé Danton. De surcroît, je n'étais pas seul, a
ajouté Tobner. Julia était avec moi. Ses pouces sont
venus se placer sur les fermoirs de la mallette.
Vous vous êtes relayés, a hasardé Danton. Il est possible que Tobner ait souri. Julia déteste conduire, ai-je
rappelé. C'est exact, a confirmé Tobner. Elle a d'ailleurs voyagé sur la banquette arrière. Cependant vous
n'êtes pas son chauffeur, ou quelqu'un de ce genre ? a
dit Danton. À titre exceptionnel, a dit Tobner. Et d'une
façon plus générale ? ai-je demandé. D'une façon plus
générale, a répliqué Tobner, disons que je m'applique
à suivre ses instructions. Quelles qu'elles soient. Lesquelles peuvent, le cas échéant, inclure le convoyage.
Je vois, ai-je dit. J'en doute, a dit Tobner. Bien, ai-je
dit, et où est-elle ? Je présume qu'elle n'est pas restée
dans la voiture. Pas précisément, a répondu Tobner.
J'ai regardé Danton, qui fixait les mains de Tobner
comme s'il en escomptait quelque tour de prestidigi-
tation. À vrai dire, a repris Tobner, la situation dans
laquelle se trouve actuellement Julia, et qui justifie ma
présence ici, n'est pas aussi... simple. Ses pouces ont

actionné le levier des fermoirs métalliques. En même temps, vous allez voir qu'elle l'est. Par précaution, j'aimerais cependant... Monsieur Tobner, l'ai-je interrompu, je crois que vous allez maintenant nous dire où est Julia. Elle est ici, a répondu Tobner. Il a soulevé le couvercle de la mallette dont il a sorti une petite boîte de forme pyramidale qu'il a délicatement posée devant nous. Là, a-t-il précisé, pointant son index sur le sommet de la pyramide. Ceci, a déclaré Tobner, est une urne. Il s'est fait un silence. Tobner a retiré son index et s'est appuyé contre le dossier de sa chaise. Naturellement, a-t-il repris, je suis qualifié pour répondre à toute question qu'il vous plaira de poser. Je me suis tourné vers Danton. Toute question, a répété Tobner. Tu savais, ai-je dit. Comment aurais-je su, a répondu Danton en fixant l'urne. Il a levé les yeux vers Tobner. Tout s'est... bien passé ? a-t-il demandé. Le plus sereinement du monde, a assuré Tobner. Au plan administratif, tout est en règle, j'y ai personnellement veillé. J'imagine que vous avez veillé à tout, ai-je dit. Tobner a lentement hoché la tête. À tout, a-t-il confirmé. Eh bien, je suppose que nous pourrions vous remercier, a dit Danton en me regardant. Tobner a levé une main. Il me reste à voir la construction, a-t-il précisé. Non que Julia ait émis le moindre doute sur cette construction. Mais j'aimerais toutefois m'assurer que. Me représenter les choses telles qu'elles. Bien entendu, s'est empressé Danton. Nous nous sommes levés. Vous permettez, a dit Tobner en prenant l'urne.

À considérer l'air impénétrable et l'absence de commentaire avec lesquels Tobner a contemplé le lieu, on n'aurait su dire quelles pensées l'habitaient. Après avoir déposé, sans autre forme de cérémonie, l'urne sur le piano, il s'est avancé au centre de la pièce où il s'est immobilisé, visiblement moins attaché à suivre les commentaires de Danton qu'à établir une photographie d'ensemble, dont, me suis-je dit, il saurait se souvenir pendant son voyage de retour, voyage dont j'ai pressenti la solitude, le caractère d'ultime épreuve, imaginant la mallette sur la banquette arrière, vide, le brouillard, la détresse qu'il y a à conduire seul dans le brouillard, espérons que cette neige s'arrête de tomber, ai-je pensé, m'avisant que c'est à Tobner, ce petit homme impassible, irritant, qu'allait soudain ma compassion, qu'avait-il éprouvé pour Julia, par quoi l'avait-elle fait passer, par quel enfer dont il ne nous laissait rien entrevoir, s'acquittant strictement de sa mission, comme s'il se fût agi d'une simple clause du contrat passé avec Julia, sale besogne en vérité, me suis-je dit. Régulation thermostatique, disait Danton, sa main venant se poser sur un radiateur. De sorte que... Au léger haussement de sourcil de Tobner, il s'est interrompu. Parfait, a conclu Tobner, en ayant semblait-il terminé avec l'inspection de ce qui maintenant m'apparaissait comme un sinistre conservatoire, dont Danton était condamné à être le gardien. Tobner s'est tourné vers moi. Une plaisante maison d'invités, qu'en pensez-vous ? a-t-il suggéré. Moi ? ai-je dit. Oui, a dit Tobner. Vous. D'où vous vient une pareille idée ? ai-je demandé. Je crois me rappeler, a dit Tobner, que Julia a évoqué une éventualité de cet ordre. Quoi qu'il en soit, en ce qui concerne les cendres, je précise que rien ne vous interdit de les disperser. Dans l'hypothèse où leur présence vous embarrasserait. Et déjà il se dirigeait vers la porte, suivi par Danton. Je leur ai emboîté le pas, avec un léger temps de retard, et nous nous sommes retrouvés dehors, marchant en file indienne sous les flocons. Rien ne m'oblige à rester, à endurer ça, je suis libre de partir, me suis-je dit, de partir tout de suite, attendez une minute, ai-je dit. Tobner s'est retourné, puis Danton. J'ai regardé Danton. Il m'a souri, de son éternel, généreux sourire, exaspérant d'indulgence. Sa barbe était couverte de neige. Danton, ai-je songé. Mon ami. Mon seul ami. Non, rien, ai-je dit à Tobner. Soyez prudent, conduisez prudemment. Tobner a eu un bref sourire. Ne vous en faites pas pour moi, a-t-il dit et il s'est dirigé vers sa voiture.

Les poissons

J'entends qu'on vous demande à quoi vous vous occupez, vous dites que vous peignez des poissons. Que vous êtes peintre en poissons. Vous avez soixante et onze ans, vous habitez dans le quinzième arrondissement, le même appartement depuis quarante ans, vous vous appelez Félix. Le matin, vous retrouvez un certain Le Dû au café-tabac qui fait l'angle des rues de Vaugirard et de l'Abbé-Groult. Le café, imitation loupe d'orme, éclairage orangé, médiocrement chauffé, est tenu par des Asiatiques. Le Dû : retraité de la RATP, pantalon un poil trop court, chaussures à semelles de crêpe. Celui-là même qui vous demande à quoi vous occupez votre temps.

Vous n'avez pas toujours peint des poissons, à vrai dire vous n'avez rien peint avant d'être à la retraite. Pendant trente ans vous êtes passé devant la vitrine du

magasin d'arts graphiques de la rue Lecourbe sans vous
y arrêter, l'œil rivé sur le passage clouté auquel pendant
trente ans vous avez traversé pour rejoindre votre sta-
tion de métro puis votre travail. Vous n'avez pas, dites-
vous, connu la bohème artistique. Vous avez vécu plus
d'un demi-siècle sans la moindre conscience de votre
disposition pour la peinture. Il vous a fallu atteindre
l'heure de la retraite pour sentir s'éveiller en vous une
vocation picturale jusque-là insoupçonnée. Vous
n'avez été marié que cinq ans, votre épouse est décé-
dée, vous n'avez pour ainsi dire jamais cherché à la
remplacer. Vous appréciez votre appartement, la petite
cuisine carrée dans laquelle vous prenez tous vos repas,
et le salon en longueur qui communique avec la
chambre. Vous n'avez touché à rien depuis la mort de
votre épouse, vous époussetez et aspirez à fond deux
fois par semaine et vous n'oubliez jamais d'aérer. Vous
êtes un homme soigneux et soigné, vous portez une
veste en tweed sur un pantalon de velours, vous chan-
gez de chemise tous les deux jours et vos chaussures
à lacets sont cirées. Vous n'êtes pas très sympathique,
ni forcément antipathique, vous êtes autre chose.

Le Dû vous annonce la mort de son canari, vous
ignoriez qu'il possédât un canari, qu'est-ce qu'un
oiseau doit faire comme saletés, non ? Tout dépend,
dit Le Dû. À la compagnie des animaux vous préférez
personnellement celle des livres, quoique vous lisiez

peu. Votre bibliothèque compte tout de même quelques exemplaires de la Pléiade. Vous possédez un buffet, un lit et une table en merisier, quelques plats de porcelaine et un lot de couverts en argent qui vous viennent de vos grands-parents. Vous peignez sur un chevalet, dans votre salon, à la lumière d'un lampadaire halogène. Vous rangez votre matériel dans le placard de l'entrée. Quand vous avez achevé une toile, vous la photographiez avec un appareil numérique et vous l'exposez sur votre site Internet. Ah oui ? Tiens donc.

Le Dû est un interlocuteur médiocre, mais d'une écoute attentive. Les jours où vous ne venez pas au café, son désappointement est manifeste. Il s'assied invariablement face au mur, vous laissant le privilège de la banquette, guettant votre arrivée dans le miroir teinté qui la surmonte. L'ensemble de son attitude laisse à penser que vous êtes le seul artiste qu'il lui ait été donné d'approcher et surtout qu'il vous envie d'avoir une occupation. De toute évidence l'existence de votre site Internet l'impressionne. Il ne possède pas d'ordinateur, a fortiori pas d'accès Internet, il est clair qu'il attend que vous lui proposiez de passer chez vous découvrir vos œuvres. J'irais même jusqu'à dire qu'il ne serait pas contre une invitation à dîner.

Vous avez encore votre mère, quatre-vingt-dix-huit ans en mai prochain, vous l'avez toujours connue veuve. Chaque vendredi vous vous rendez dans le village de Normandie où elle vit, vous vous y rendez par le train Corail de 16 h 24, vous descendez en gare de D, à 18 h 54. De là, vous attrapez le car de 19 heures qui vous dépose pratiquement en face de sa maison, une assez charmante maison de quatre pièces, donnant sur une place pourvue de beaux arbres plantés en quinconce. Vous ignorez ce que vous ferez de cette maison lorsque votre mère ne sera plus. Après trente années de vie parisienne, vous n'êtes pas certain de vouloir vous installer là-bas, c'est tout de même assez isolé comme endroit et il se trouve que vous n'y peignez pas le moindre poisson. Vous n'y êtes pas inspiré comme dans votre petit appartement parisien, bien qu'une rivière passe non loin de là et que les pêcheurs ne manquent pas, dont vous pourriez examiner les prises à loisir. Mais il vous faut être à Paris, et qui plus est dans votre salon parisien, pour trouver l'inspiration et faire jaillir toutes ces couleurs de vos pinceaux. Chaque vendredi Le Dû feint d'oublier que vous vous absentez pour le week-end, chaque vendredi il vous salue d'un bon eh bien à demain, ce à quoi vous répondez non, demain non, certainement pas, demain samedi je serai chez ma mère en Normandie. L'idée que Le Dû puisse en être dépité, qu'il voie en votre mère et la Normandie des rivales ne semble pas vous effleurer, à moins que vous n'en ayez au contraire parfaitement conscience, c'est difficile à dire, votre voix neutre et posée le tient en tout cas à distance respectable, lui interdit de laisser paraître la moindre contrariété. On le fait ce Quinté ? Rapidement alors, répondez-vous en fouillant dans une poche de votre veste, dont vous extrayez un courrier que vous dépliez lentement, dans la consultation duquel vous vous absorbez une bonne minute avant de le replier et de le ranger, sans commentaire.

Vous découvrez que vous avez chacun passé le réveillon du 31 décembre chez vous, seuls, c'est trop bête, dit Le Dû, mais vous n'avez que faire du réveillon, un soir comme un autre, ce n'est pas faux après tout, concède Le Dû, personnellement je ne cours pas après le foie gras, mes voisins ont fait un de ces potins, impossible de fermer l'œil, des jeunes. Votre immeuble à vous est calme en toute circonstance. Comme n'importe quel matin vous vous êtes levé tôt pour peindre, c'est vrai que vous avez votre peinture, dit Le Dû, vos poissons, au fait quel genre de poissons ? N'importe, des espèces bariolées, exotiques, mais pas seulement, prenez les carpes, même les carpes vous les faites hautes en couleur, et l'eau, s'enquiert Le Dû, ah pour l'eau, vous n'avez pas encore trouvé la manière, vos poissons sont à sec, comme posés sur la toile, des natures mortes en quelque sorte, tente Le Dû, vous levez un sourcil, non, pas exactement, je vois, n'insiste pas Le Dû.

Vous vous tenez droit, le cou dégagé, à peine appuyez-vous votre dos contre la banquette. Votre voix porte loin, votre prononciation est claire. Sourd, Le Dû pourrait sans difficulté déchiffrer sur vos lèvres la totalité des propos dont vous le gratifiez. Le Dû, pas sourd et tout en hochements de tête, ne vous quitte pas des yeux, quoiqu'il ait toutes les peines du monde à capter votre regard. Par-delà le sommet de son crâne, vous fixez un point imprécis de la salle. De votre voix bien timbrée vous énoncez qu'une peinture achevée est comme un stradivarius dont on ne joue plus. D'un clappement de langue, Le Dû s'empare de cette aumône, la fourre dans un coin de son estomac, y repensera plus tard ou l'aura oubliée. Vous saisissez les revers de votre veste et tirez dessus d'un coup sec. Vous faites signe au serveur de vous apporter la note. Avez-vous conscience de l'endurance de Le Dû ?

Voilà qu'on vous propose d'exposer à la média-thèque de Livry-Gargan. Le visage de Le Dû s'éclaire, d'une main vous tempérez son enthousiasme. L'année passée, vous avez fait la décevante expérience du Salon artistique de Roissy-en-France. À deux, trois excep-tions près, beaucoup de barbouillage et la morne déambulation d'un public peu averti. Un commerçant local a fait l'acquisition d'une de vos œuvres sans même vous demander si vous en étiez l'auteur, refusant son emballage, vous fourrant trois billets dans la main. C'est sûr, dit Le Dû, mais tout de même. Vous haussez une épaule, vous baissez la tête, vous tournez lentement la cuillère dans votre café crème. J'ai connu un type à la RATP, dit Le Dû, vous ne le savez peut-être pas mais à la RATP ils organisent des expositions. Je pourrais essayer de retrouver sa trace, à ce type, s'enhardit Le Dû. Vous introduire. Vous suivez des yeux un autobus qui passe dans la rue, vous examinez brièvement vos ongles. J'ai conservé quelques contacts, s'aventure encore Le Dû. Cette fois vous le regardez bien en face, vous haussez un sourcil, vous produisez un mince sourire, de quoi faire taire Le Dû.

Aujourd'hui, c'est Le Dû qui n'est pas au café. Vous constatez immédiatement que la place est vide, vous marquez un temps d'arrêt, vous parcourez la salle des yeux, vous vous attardez sur le visage illisible du serveur asiatique, par deux fois consécutives vous ouvrez et fermez la bouche, un dernier regard le long du bar et vous vous dirigez vers la banquette. Vous vous asseyez, défaites un bouton de votre veste, posez vos mains à plat sur la table. L'Asiatique s'approche, s'immobilise dans l'attente de votre commande, un double crème. Vous avez l'air de penser que depuis le temps il devrait le savoir, ce serait la moindre des choses, manifester un signe de reconnaissance, un peu de cette chaleur auvergnate qui manque ici, votre ami n'est pas là ce matin, on est seul ce matin ? Vous répondriez qu'il ne va pas tarder, que vous êtes un peu en avance. Vous n'auriez pas cette façon d'ouvrir et de fermer la bouche que je ne vous ai encore jamais vue. Cette suffocation de poisson.

La contrebasse

Je lis que l'homme est assis sur un banc. Mon premier réflexe, étant moi-même assis sur un banc, est de refermer le livre. Ce n'est pas un livre que j'ai acheté, il y a bien longtemps que je ne lis plus, convaincu du propos selon lequel le mélancolique est un homme qui lit trop et gagnerait à laisser son regard errer en direction du vide. J'ai trouvé ce livre sur le banc où je suis assis. Il me semble qu'il n'y était pas lorsque j'ai pris place sur ce banc, mais présumant qu'il n'a pu tomber de l'arbre – presque toujours un arbre au-dessus d'un banc mais rarement des livres dans les arbres – j'imagine que je ne l'ai tout simplement pas remarqué en m'asseyant. Il s'agit d'un très petit format à la couverture cartonnée, d'un maniement malcommode, difficile à maintenir ouvert. Un titre abscons. Tout de suite il y est question d'un homme assis sur un banc, ce qu'aussitôt je déplore, étant bien placé pour savoir que l'on peut craindre le pire d'un homme assis sur un banc et

par conséquent d'un livre qui envisagerait dès son com-
mencement une telle posture. Comme moi, l'homme
du livre ne peut être assis que sur un banc public. S'il
se trouvait par exemple dans son propre jardin, ou dans
celui d'amis qui l'auraient convié pour quelques jours
au motif qu'il s'agit d'un homme d'excellente compagnie avec lequel il est agréable de converser assis dans
un jardin, j'aurais lu : L'homme est assis sur un banc
de son jardin, ou : L'homme est assis dans un jardin
en compagnie d'excellents amis à lui. Rien de tel. Je
conclus de cet homme qu'il est comme je le suis moi-
même assis sur un banc public, éventuellement sur un
banc de jardin, mais public. En ville, donc, puisque les
jardins publics ne courent pas la campagne. Mettons
qu'il s'agisse d'un jardin parisien, prêtons à ce jardin
une forme triangulaire, un bassin dans la perspective
de l'allée centrale, quelques statues mais pas de grilles,
notons qu'un matinal vent d'avril parcourt l'endroit,
soleil froid et cols relevés des rares passants, donc,
interrogeons-nous sur le mystérieux exploit de ce mar-
ronnier, l'unique à avoir déployé son feuillage bien
qu'exposé au même climat que ses voisins, observons
enfin que je suis seul à être assis sur un banc, et nous
y voilà. Me voilà avec, posé sur les genoux, ce livre
où dès le début l'on me présente un homme assis sur
un banc, d'emblée l'on me demande de me représenter
un homme assis sur un banc, ce qui me fait immédiatement refermer le livre, dont je cesse de m'étonner

qu'il soit aussi mince, vingt-cinq pages au plus, comment en effet, me dis-je, en écrire davantage partant d'un homme assis sur un banc. Certes rien qui m'autorise à affirmer, à ce stade de ma lecture, que cet homme est réellement assis sur un banc de jardin, qu'à la deuxième phrase on ne m'apprendra pas qu'il est en train d'attendre l'autobus. Mais dans ce cas, n'aurait-il pas fallu écrire : Un homme attend l'autobus assis sur un banc. L'homme que l'on assied pour lui faire attendre l'autobus ne présente-t-il pas, a priori, plus d'intérêt que celui qu'on nous propose assis sur un banc. Lire d'un homme qu'il attend l'autobus ne donne-t-il pas à penser que cet homme ne se contente pas, comme je le fais moi-même, d'être assis sur un banc ; que je pourrais moi aussi être occupé, assis ou même debout, à guetter l'autobus, et qu'à y monter le cours de ma vie s'en trouverait d'une façon ou d'une autre rectifié, qu'à tout le moins les choses prendraient une tournure différente, mais laissons l'autobus de côté, cet autobus me contrarie, tout me contrarie ce matin. Je me suis assis sur ce banc dans un certain état de contrariété, espérant de ce banc qu'il atténuerait cet état, que vers disons midi ma contrariété se trouverait estompée comme s'estompe à cette heure la ride sourcilière qui signe un sommeil contrarié, et voilà que m'y attendait ce petit livre irritant, vingt-cinq pages d'un prétentieux grammage, provocateur dès la première phrase, écrite qui plus est au présent comme pour m'interdire toute échappatoire, eussé-je lu que l'homme *était* assis sur un banc, mais non, assis sur le banc, il l'est bel et bien, nous le sommes lui et moi, au point où nous en sommes, me dis-je, autant voir ce qu'il est venu y faire.

Quand il s'est levé ce matin il faisait beau, du moins une certaine Anna lui a-t-elle signalé qu'il faisait beau, ajoutant qu'il devrait en profiter pour sortir, prendre l'air, faire une balade, a-t-elle suggéré. Personnellement je ne suis pas si âgé qu'au moindre rayon de soleil on me propose de m'oxygéner – aucune Anna chez moi pour m'y inciter –, pourtant, vers dix heures, et malgré un possible début de torticolis, je suis moi aussi sorti, j'ai marché vers ce jardin, et je me suis assis sur ce banc, exactement comme j'aurais pu le faire sur celui d'à côté, n'importe quel banc de ce jardin m'eût à vrai dire convenu, mais l'homme du livre, lui, non, j'apprends, page deux, qu'à peine sorti de chez lui il a pris la direction de ce banc, en ce qui le concerne aucun autre banc n'eût fait l'affaire. Ce qui a amené cet homme à s'asseoir sur ce banc n'a, lis-je, d'aucune façon été dicté par le masochisme ou la nostalgie, c'est combattant masochisme et nostalgie qu'il y a pris place, non pour venir y goûter les prémices du printemps, saison qu'il n'apprécie pas particulièrement, ce en quoi je ne peux que l'approuver, mais avec le ferme objectif de revoir Anna telle qu'elle lui est apparue dans ce jardin il y a vingt et un jours, la revoir s'avancer vers lui dans son manteau vert, une écharpe rouge enroulée autour de son cou, trouver le temps de lui sourire avant de produire un nombre conséquent d'éternuements puis s'asseoir à ses côtés. Ce que cet homme est en réalité venu faire depuis ce banc, c'est reconsidérer toute la scène au ralenti, la rembobiner autant de fois que nécessaire jusqu'à repérer l'instant précis où Anna a accompli le geste qui lui a été fatal, à moins que ce ne soit ce qu'elle a dit un peu plus tard au café, et qui bien sûr lui a été fatal, mais il ne croit pas, il croit que c'est un geste d'Anna quand ils étaient sur ce banc, ou quand elle s'est avancée dans l'allée, qui a tout déclenché, au café, le mal était fait. Identifier ce geste, l'instant de ce geste, puis se le repasser jusqu'à en annuler l'effet, le réduire à l'insignifiance, en être délivré, après quoi rentrer chez lui où se trouve Anna, rentrer chez lui délivré d'Anna.

Cet homme, lis-je, a pris place sur ce banc vers dix heures quinze, à l'endroit exact qu'il y a occupé voilà vingt et un jours dans l'attente d'Anna, sur la partie gauche du banc c'est-à-dire, il a croisé les jambes, relevé le col de son manteau et résolument fixé le point de l'allée où voici vingt et un jours la silhouette d'Anna a débouché, entre deux marronniers. Je constate que de l'endroit que j'occupe sur la partie gauche de mon propre banc j'ai vue sur les deux marronniers qui marquent le début de l'allée et, si je n'ai pas croisé les jambes comme il m'a été formellement interdit de le faire par ce jeune, prétentieux et probablement incompétent médecin suréquipé en informatique auquel le vieux Puech m'a vendu avec ce qui lui restait de clientèle vaillante pour se retirer dans cet alpage savoyard où il a commis cette erreur à mon sens magistrale d'acquérir un chalet, j'ai moi aussi relevé le col de mon manteau avant de poser ma main droite sur l'assise du banc et en réalité sur ce livre, que n'a d'ailleurs pas immédiatement identifié comme tel le cerveau qui est relié, prions pour que ça dure, à ma main, laquelle a palpé l'objet puis, eu égard à ce probable début de torticolis, l'a porté à hauteur de mes yeux. Bien, bien, me suis-je dit, voici un livre qui n'y était pas, de la présence duquel je ne me suis du moins pas avisé lorsque je me suis assis, dont probablement la couleur s'est confondue avec celle du banc, dont le titre non seulement ne m'évoque rien, mais ne me dit rien qui vaille et pourtant je l'ai ouvert, sans même le feuilleter, j'ai été droit à la première phrase, comme si mon intention était de le lire, or mon intention était tout autre, ouvrir ce livre n'a été qu'une façon de gagner du temps, de différer le moment de la décision que je suis personnellement venu arrêter sur ce banc concernant une question qui n'a que trop traîné, un geste de lâcheté. L'homme est assis sur un banc, ai-je lu. Etc.

De cette Anna il me faut maintenant me représenter qu'elle n'a pas paru envisager sortir avec cet homme ce matin, et qu'il n'a pas osé le lui proposer, vingt et un jours qu'il n'ose rien avec Anna, ce qui explique qu'il soit seul sur son banc, seul mais l'esprit habité par cette femme, pas tout à fait seul, donc, contrairement à moi qui le suis indéniablement, face à la perspective de cette allée déserte où malgré moi s'inscrit tout à coup le souvenir de ce qui ne m'est jamais arrivé, où je suis soudain sur le point de voir ce que je n'y ai jamais vu, l'apparition d'Anna, page trois la scène est ainsi décrite, une jeune femme en manteau vert s'avance vers cet homme dans l'allée, ils portent la même écharpe, rouge, elle est enrhumée, trente ans les séparent, elle est pianiste, elle arrive d'Australie, s'y est mariée l'avant-veille, le lendemain de son mariage elle a pris seule l'avion pour Paris où elle doit donner un récital, son premier vrai récital, il a été violoncelliste, un assez célèbre violoncelliste – à ce mot je marque un temps d'arrêt, j'ai moi-même été contrebassiste, un assez célèbre contrebassiste –, mais il se trouve qu'il possède d'autres instruments que son violoncelle, un piano notamment, dit-il à Anna, une chambre d'amis, ajoute-t-il dans la foulée, elle ne restera pas à son hôtel, ensemble ils iront y chercher sa valise qu'il portera jusqu'à la chambre d'amis, il soignera son rhume, il assistera aux répétitions puis au concert, après quoi il attendra qu'elle lui annonce son départ pour l'Australie. Mais elle ne repart pas, la raison pour laquelle elle ne repart pas là où doit l'attendre un mari récent et forcément impatient est des plus mystérieuses et finalement torturantes, elle ne donne aucune explication, il se garde de lui en réclamer, vingt et un jours plus tard nous retrouvons notre homme assis sur un banc à se demander comment quitter cette femme qui lui arrive fraîchement mariée à un autre, qui à peine mariée s'est envolée dans sa direction, apparemment tout à fait oublieuse de ce mariage et du mari qui forcément va avec ce mariage.

En somme, me dis-je, voilà un homme qui est assis sur un banc et réfléchit à la façon dont il va quitter la femme d'un autre. Un homme que je serais pour ma part bien en mal de conseiller, ayant toujours été quitté, ne possédant pas la moindre notion de ce qu'il convient de dire à une femme à laquelle on ne peut que renoncer, excepté je m'en vais. Je m'en vais serait assurément la plus élégante des formules mais c'est son appartement, il y est né, il comptait y mourir, c'est l'endroit où il a prévu de mourir, le plus approprié à l'idée qu'il se fait d'une agonie convenable, il y possède, lis-je, tous les livres qu'il ne lit plus mais entouré desquels il lui serait agréable de s'affaiblir, un long, morne couloir, son canapé de velours, le violoncelle dont il ne

joue plus, tout comme – un petit rire m'échappe, nerveux – je ne joue plus de ma contrebasse. À croire que
cet homme est chez moi, me dis-je, pensant à mon
propre canapé de velours, à mon morne couloir, à ma
bibliothèque. À moins que je ne sois chez moi chez
cet homme, à moins que je ne me voie mieux chez cet
homme que chez moi, chez moi il est un fait que je
me supporte assez mal, de là à nourrir l'illusion
qu'Anna m'y attend. Poursuivons.

Le voilà, paragraphe suivant, qui songe maintenant
aux quelques femmes qui ont précédé Anna dans cet
appartement, dont il a dès leur emménagement presque
aussitôt souhaité le départ, incapable de rompre dura-
blement avec une solitude autant redoutée que désirée,
que tantôt il a vécue comme la meilleure des conditions
et tantôt comme la pire mais dans la fidélité à laquelle
il a finalement atteint cet âge indéfinissable où il peut
sans scrupule s'abandonner à cette affection exclusive
pour son vieux canapé, ses chères et inutiles biblio-
thèques, son cher et encombrant violoncelle. Toutes
elles ont fini par partir, au motif qu'il ne les aimait
pas, pas assez, pas autant qu'elles étaient en droit d'être
aimées, ayant perçu, sans doute, qu'il ne les aimerait
jamais mieux qu'en allées, il ne les retenait pas, après
quoi il pouvait sans regret les pleurer, paisiblement
assis sur son canapé, dans le mutisme de ses livres, le
silence de son violoncelle. Je m'avise que j'ai moi

aussi toujours recherché le silence ; jamais je ne m'en suis accommodé. À peine l'avais-je obtenu que j'en ai soudain mesuré tous les dangers sans plus comprendre quelle bizarrerie de mon esprit me l'avait fait tant désirer et je n'ai plus rien voulu d'autre qu'y échapper, je me suis laissé troubler par des femmes tumultueuses pratiquant un amour tumultueux auquel je n'ai su répondre que par un silence grandissant, et pour finir, tapage et vindicte, et moi sur le seuil de la chambre à les regarder faire leurs valises. Et maintenant Anna. Si peu vindicative, silencieuse jusque dans ses sourires, susceptible à tout instant de s'envoler pour l'Australie. Je ne suis pour ma part jamais allé en Australie, y serais-je d'ailleurs allé que je n'en saurais pratiquement rien, comme de tous les endroits du monde où m'a conduit mon métier, je pourrais à la rigueur dire un mot des aéroports, encore qu'ils se confondent dans ma mémoire, hormis peut-être celui d'Istanbul où j'ai mangé, à la faveur d'un vol retardé, les meilleures nouilles sautées qui soient, et naturellement Berlin, à Berlin l'on m'a remis une contrebasse qui n'était pas la mienne, la mienne a suivi les méandres d'une correspondance qui n'a jamais été clairement identifiée, pas plus que le contrebassiste ne s'est manifesté qui a hérité de ma contrebasse, j'en ai conclu qu'il a joué de ma contrebasse comme j'ai, moi, joué de la sienne à Berlin, idéalement, cette contrebasse inconnue dont j'ai hérité à l'aéroport de Berlin, contre laquelle j'ai hurlé dans tout l'aéroport de Berlin, a été pour beaucoup dans le triomphe que nous avons fait à Berlin. De toutes les villes où nous avons été engagés à nous produire, mes collègues musiciens et moi, je n'ai finalement vu que la centaine de mètres de trottoirs séparant l'hôtel de la salle de concert, c'est-à-dire ce qu'en laissent distinguer les parties invitantes qui, à force de nous pratiquer, nous autres les artistes, ont fini par se résoudre à notre absence de curiosité, à notre indifférence et à notre laconisme, lesquels frisent parfois la grossièreté, et ont désormais soin de nous loger et nourrir à proximité immédiate de notre lieu de prestation. J'expliquerais volontiers à Anna que c'est là un arrangement qui nous convient parfaitement, à nous autres musiciens – mais je crois savoir qu'il en va de même pour les sportifs professionnels –, que notre préoccupation première, sitôt notre performance accomplie, sitôt les ovations empochées, n'est pas de nous perdre dans des flâneries ou visites plus ou moins culturelles mais bien d'être raccompagnés au plus vite à l'aéroport, que nous n'avons de cesse d'obtenir des organisateurs la confirmation de notre vol de retour, qu'il n'est pas rare que nous effectuions notre performance avec notre billet d'avion dans la poche intérieure de notre veste, voire dans l'étui de notre instrument quand c'est possible, ce qui est le cas pour les contrebassistes, mais c'est une chose qu'Anna apprendra vite si elle poursuit sa carrière de pianiste.

Sans ce récital qu'elle est venue donner à Paris, et dont le livre ne dit rien, jamais cet homme ne se serait trouvé sur ce banc il y a vingt et un jours, à guetter l'apparition d'Anna qui la veille avait pris de Sydney un avion pour Paris, puis une chambre d'hôtel dans laquelle elle a dormi quelques heures avant de venir le retrouver dans ce jardin, à l'endroit précis où il avait fixé ce rendez-vous. À l'instant où elle apparaît entre les deux marronniers, il ne sait encore rien d'elle sinon ce que lui en a dit cet ami chef d'orchestre qui l'a appelé pour lui recommander Anna, une jeune musicienne, donc, qui à Paris ne connaît personne, aurait-il l'obligeance de. Il a hésité, puis, d'assez mauvaise grâce, suggéré une rencontre, qu'il saurait bien expédier, dans ce jardin. Peut-être pas le meilleur endroit, s'est-il dit lorsqu'il a vu venir Anna vers lui, constatant, à mesure qu'elle avançait dans l'allée, enveloppée dans cette écharpe rouge, identique à la sienne, qu'elle semblait enrhumée, très enrhumée même, a-t-il noté lorsqu'elle s'est approchée et a trouvé le temps de lui sourire avant de se mettre à éternuer. Ils se sont assis sur le banc, puis, ne restons pas là, a-t-il dit, vous allez attraper la mort, allons plutôt dans un café. Ils sont allés dans un café, ils ont commandé des boissons chaudes, Anna a sorti de son sac un paquet de mouchoirs, s'est mouchée, lui a souri à nouveau, il lui a rendu son sourire, quelques secondes de répit et : je me suis mariée avant-hier, a-t-elle annoncé entre deux éternuements. Ah, a-t-il dit. Ce rhume est une catastrophe, a-t-elle ajouté. Juste pour mon premier vrai récital. On va vous soigner, a-t-il dit. Ils sont allés à son hôtel chercher sa valise qu'elle n'avait pas défaite, qu'il a roulée dans son couloir jusqu'à la chambre d'amis, Anna n'a pas voulu se coucher, ni voir le piano, Anna s'est assise dans son canapé, s'est allongée sur son canapé, drôle de voyage de noces, a-t-elle dit et elle s'est endormie. Il l'a regardée dormir, il n'a pas eu une pensée pour son mari, aucune pensée d'aucune sorte, sinon que ce jour-là en la regardant dormir, en la regardant dormir allongée sur son canapé, il a maudit ce chef d'orchestre de lui avoir envoyé Anna enrhumée, éternuante, pianiste, cintrée dans son manteau vert, emmitouflée dans son écharpe rouge, à peine mariée – venant à lui.

À l'arrivée d'Anna il s'est levé de son banc, Anna lui a souri, rapidement, avant de se détourner, le laissant face à son dos étroit et à une masse obscure et plutôt mousseuse de cheveux confusément maintenus par une barrette, je vois bien la barrette, moins les cheveux, que j'imaginais blonds. Lorsqu'elle a cessé d'éternuer il s'est aperçu qu'il avait tout à fait oublié le nom de cette femme, il a donc donné le sien, car, bien qu'ils fussent seuls dans ce jardin et qu'elle eût marché d'un pas assuré dans sa direction, ils n'étaient tout de même pas complètement à l'abri d'une méprise. Anna a posé une main sur son bras et a dit : je sais, je sais que c'est vous, je connais votre visage, par cœur, j'ai assisté à presque tous vos concerts. Ils se sont assis sur le banc auquel Anna ne s'est pas adossée, il lui semble qu'après avoir croisé les jambes elle s'est légèrement penchée en avant et a observé un endroit du sol, il se souvient en tout cas du minuscule caillou qu'elle a, de façon imprévisible, envoyé valdinguer de la pointe de son pied, mais avant, oui, juste avant, d'une main elle a effleuré l'écharpe de cet homme, écharpe semblable à celle qu'elle-même portait ce jour-là. J'ai toujours pensé qu'elle était rouge, a-t-elle dit à propos de cette écharpe, visible sur la plupart des clichés de lui qui circulent çà et là – il est un fait que nous autres musiciens, à l'exception de certains ténors, ne sommes pratiquement photographiés qu'en noir et blanc, à la rigueur en sépia, de sorte que nous paraissons aussi austères, aussi ternes et rébarbatifs que possible, tout l'éclat revenant à nos instruments sur lesquels les photographes de musiciens, qui n'entendent à peu près rien à la musique, concentrent l'essentiel de leurs éclairages afin, je suppose, de leur conférer cette brillance dont nous, leurs humbles interprètes, sommes absolument dépourvus, en tout cas sur les photos, et, il est vrai, le plus souvent également dans la vie. Mais passons, je suis presque certain que ce n'est ni ce geste ni la simplicité avec laquelle Anna a mentionné sa connaissance ancienne de cette écharpe qui ont porté à cet homme un coup fatal, pas plus que la manière dont elle a ensuite détourné la tête, révélant un profil plus effilé qu'anguleux, comme gravé au stylet, marqué par la nette saillie de la pommette amorçant la courbe en creux de la joue. L'instant qui lui a été fatal, je pense, moi, qu'il doit contenir presque rien, un infime détail – toujours un infime détail qui nous précipite dans la fatalité. Il a suivi la trajectoire de ce caillou blackboulé par le pied d'Anna, ne restons pas là, a-t-il dit en se levant brusquement. Anna l'a docilement suivi au café, puis à son appartement où il se réveille désormais chaque matin dans la crainte de son absence et se couche chaque soir dans l'appréhension de son départ, où il est maintenant dans l'attente constante du jour où elle repartira, ou plutôt sera repartie, leur évitant les adieux, l'abandonnant au silence de ses livres, au mutisme de son violoncelle, au temps qui lui reste.

J'ai cessé de lire. Il n'est plus d'aucune importance, me dis-je, que nous retrouvions ou non ce geste qu'Anna a eu il y a vingt et un jours sur ce banc et qui n'est peut-être même pas un geste, rien qu'un mouvement, ou moins encore, la minuscule veine apparue sur sa tempe au moment où elle se penche, la mèche de cheveux retombant sur sa paupière et qu'elle ne songe pas à remettre en place, le léger spasme de sa joue lorsqu'elle effleure ce caillou de la pointe de sa chaussure, avant de l'envoyer au diable. Seul importe, me dis-je, le geste que cet homme ne fait pas vers Anna. Je suis prêt à affirmer qu'à l'instant où elle envoie ce caillou au diable elle a déjà pris la résolution de s'en remettre à lui. Elle ne s'en étonne pas, ni ne s'en inquiète, elle ne voit pas, maintenant qu'elle est arrivée jusqu'à lui, ce qu'elle pourrait faire d'autre, elle n'ignore pas qu'elle entre tard dans son existence et que cette existence n'admet plus ni improvisation ni perturbation, vingt jours elle attend de cet homme qu'il comprenne, fasse le geste qu'il ne fait pas, n'ose pas faire, le vingt et unième jour elle lui suggère de sortir et il sort, pressentant que lorsqu'il rentrera elle ne sera plus là, malgré la peur qu'il a de son départ il prend la direction de ce banc où il s'acharne à se remémorer leur rencontre, car c'est dans la mémoire de l'amour qu'il s'est toujours tenu, dans son non-accomplissement et sa perte annoncée, et moi, à ce point de mon existence qui n'admet plus ni improvisation ni perturbation, je peux tout de même me lever de ce banc et rentrer chez moi retrouver la femme d'un livre, dire à la femme d'un livre ce qu'elle attend que je lui dise, pour la fiction je ne crains personne.

Table

Composition réalisée par IGS-CP

Achevé d'imprimer en janvier 2007 en Espagne par
LIBERDÚPLEX
Sant Llorenç d'Hortons (08791)
N° d'éditeur : 80551
Dépôt légal 1re publication : janvier 2007
Librairie Générale Française – 31, rue de Fleurus – 75278 Paris cedex 06